LE DESTIN DE LA DRAGONNE

LES ÂMES-SŒURS DE LA DRAGONNE #4

EVA CHASE

Le Destin de la Dragonne

Livre 4 de la série "Les Âmes-soeurs de la Dragonne".

Première édition numérique, 2018

Copyright © 2022 Eva Chase

Traduction française : Rose CAMARA at Griot Editing Services

Conception de la couverture : Couvertures par Juan

Ebook ISBN : 978-1-990338-78-6

Broché ISBN : 978-1-990338-79-3

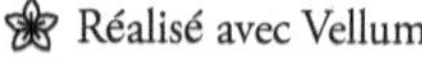 Réalisé avec Vellum

1

Ren

Alors que le jet privé s'envolait vers le domaine des métamorphes canins, ma résolution se faisait lourde et me pesait sur la poitrine. J'aurais dû arriver là-bas pour rencontrer le dernier groupe de métamorphes en tant que la nouvelle âme-sœur confirmée de leur alpha. J'aurais dû apporter de bonnes nouvelles. J'étais leur métamorphe dragonne, la dernière métamorphe dragonne en vie. En prenant pour âmes-sœurs les quatre alphas des groupes métamorphes, j'étais censée unir tous les métamorphes et mettre fin à la tourmente qu'ils avaient traversée.

Au lieu de cela, j'avais dû annoncer que nous étions peut-être au bord d'une guerre paranormale. C'est ainsi que Marco, l'alpha félin avec lequel j'avais consommé mon union il y a moins d'un jour, l'avait appelée. Et je n'avais pas encore consommé mon union avec l'alpha canin. Assis dans le siège le plus proche de la porte du jet, West semblait encore plus sinistre et tendu que d'habitude.

Nous avions déjà traversé de nombreux bouleversements, mais cette fois c'était pire. Avant, nous n'avions eu à combattre que les nôtres, des métamorphes véreux qui voulaient perturber le statu quo. Maintenant, les membres restants de cette sorte de meute avaient fui vers les vampires, et les vampires, pour une raison quelconque, avaient décidé de nous attaquer.

Tout ce dont nous étions sûrs, c'était que les suceurs de sang avaient investi une maison que la famille féline de Marco utilisait comme base d'opérations locale près de New York. Il avait dit à ses proches qui avaient survécu à l'attaque de nous retrouver ici, dans la propriété de métamorphes la plus proche.

Mes mains se crispèrent lorsque l'avion toucha la piste. La vue des pins majestueux par le hublot me rappela notre force. J'avais traversé beaucoup d'épreuves ces dernières semaines depuis que mes alphas étaient venus me voir et m'avaient fait prendre conscience de mon véritable rôle. J'avais relevé défi après défi et j'avais gagné. Aucun suceur de sang n'allait prendre le dessus sur nous maintenant.

Le jet s'arrêta dans un grondement. Kylie traversa le couloir pour me prendre la main. Ma meilleure amie, qui était aussi humaine que je pensais l'être, était venue me rendre visite, se rendant compte encore moins que moi au début de l'agitation de la communauté des métamorphes, mais elle était toujours là. Elle me soutenait toujours, même si elle m'avait vu dans mon état le plus vicieux. Elle m'offrait toujours ce sourire éclatant alors que sa coupe de cheveux pixie rose fluo brillait sous les lumières du plafond.

Je ne savais pas si j'étais plus inquiète ou reconnaissante qu'elle soit là. Mais je ne la repoussais plus.

West se leva le premier pour ouvrir la porte de l'avion. Les yeux vert foncé du métamorphe étaient remplis d'inquiétude pour sa famille et de colère envers les personnes qui les avaient mises en danger. En le voyant comme ça, mon cœur se serra.

Nous nous levâmes pour le suivre.

— Combien de tes proches se sont dirigés vers le domaine ? demanda Aaron à Marco. Le métamorphe aigle, alpha de la famille aviaire, avait l'habitude de se concentrer sur les faits. Entendre sa voix calme et chaleureuse me calmait toujours un peu les nerfs.

— Ils étaient sept à utiliser la maison, dit Marco. Aux dernières nouvelles, trois d'entre eux étaient en fuite, dont un blessé. Nous connaîtrons le fin mot de l'histoire bientôt. Ils devaient arriver avant nous.

Le regard habituellement malicieux du métamorphe jaguar s'assombrit. Il passa une main anxieuse dans ses cheveux noirs en bataille tout en marchant dans l'allée vers la sortie.

Nate, le dernier de mes alphas à descendre du jet, se mit en retrait pour nous laisser passer devant lui, Kylie et moi. Il posa sa main puissante sur mon épaule. Grand et musclé comme le grizzly en lequel il pouvait se transformer, il avait toujours assuré mes arrières. Mais c'était un vrai nounours quand nous n'étions pas menacés.

La brise matinale m'envahit alors que nous descendions les marches. Elle était fraîche et chargée de l'odeur des pins. Un haut mur de pierres bordait la piste. Je me dirigeai vers l'autre direction, le long d'un chemin sinueux à travers les arbres, et découvris une maison qui correspondait au mur à l'autre extrémité.

Appeler ça une "maison" était vraiment dévalorisant. Kylie prit une grande inspiration quand elle la vit. Cet endroit était un manoir, sans aucun doute. Trois vastes étages encastrés dans de solides blocs de pierre, avec une arche de bois dur sombre au-dessus de la lourde porte.

Plusieurs membres de la famille de West étaient sortis pour venir à notre rencontre. Si nous avions fait notre visite prévue initialement dans un jour ou deux, il y aurait eu une foule. Vu l'état actuel des choses, je ne pouvais m'empêcher d'être reconnaissante de voir si peu de visages qui me saluaient. Les métamorphes canins avaient toujours été accueillants avec moi, parfois de manière excessive, mais le danger semblait me poursuivre partout où j'allais. Je préférais avoir moins de proches dans le feu croisé.

« Métamorphe dragonne », murmurèrent-ils d'abord, avec des hochements de tête respectueux. Celui qui se tenait avec le plus d'autorité, un des lieutenants de West je suppose, se tourna vers son alpha.

— Trois félins sont arrivés il y a quelques heures. Nous leur avons offert des chambres d'amis, et celle blessée a été soignée.

Marco se mit à côté de West.

— Est-ce qu'elle va bien ?

Le lieutenant — un métamorphe coyote d'après son odeur — acquiesça rapidement.

— Ses blessures sont graves, mais pas mortelles. Elle dort maintenant.

— Et il n'y a eu aucun signe de vampires dans cette

zone, aucune nouvelle des villages proches de New York City ? demanda West.

— La colonie en bordure de New York City, dit le métamorphe coyote avec une grimace. Nous avons appris qu'ils avaient détecté des vampires dans la région peu de temps après que toi et moi avons parlé pour la dernière fois. Puis nous avons perdu le contact avec le groupe. J'ai envoyé quelques-uns de nos hommes là-bas pour vérifier de visu.

La mâchoire de West se figea.

— Fais-le moi savoir dès que tu auras une réponse.

L'un des autres membres de la famille canine, un renard fennec au visage étroit et aux cheveux fauves, avait concentré son attention sur Kylie.

— Qu'est-ce qu'une *humaine* fait ici ? dit-il d'une voix aiguë.

Cela me hérissa le poil.

— C'est mon amie. Partout où je vais, elle est la bienvenue.

Le métamorphe renard inclina la tête.

— Tout ce que je dis, c'est qu'il semble qu'on a une grosse affaire de métamorphes à régler ici, et je ne vois pas...

— *Felix*, interrompis West.

Il s'avança devant nous pour lancer un regard furieux à son subordonné, qui mesurait une bonne quinzaine de centimètres de moins que le gabarit longiligne du métamorphe loup. Les dents de West grincèrent légèrement.

— Même si cela devrait être évident, elle est ici avec ma permission.

Le corps du métamorphe renard était devenu rigide.

— Oui, monsieur. Bien sûr. Je ne pensais pas.

Il leva son menton assez haut pour montrer la longueur pâle de son cou. Je n'avais jamais vu ce geste auparavant, mais il marquait clairement une envie de se faire pardonner.

Aaron vint à côté de moi. Il se pencha pour murmurer à mon oreille.

— Chez les métamorphes canins, exposer la gorge est le signe le plus évident de soumission.

West s'était déjà détendu devant la posture de son lieutenant.

— Très bien, fit-il de sa voix bourrue habituelle. La prochaine fois, essaies de réfléchir un peu plus avant de t'emporter. Nous avons beaucoup d'affaires importantes à régler.

— Et tu peux croire que je serai toujours à tes côtés, ajouta Kylie. Attends un peu et tu verras. Dans quelques jours, tu te demanderas pourquoi tu n'as pas des humains comme moi tout le temps avec toi.

Felix leva un sourcil sceptique, mais il était assez intelligent pour ne rien dire, surtout avec son alpha qui le surveillait.

— Entrons, dit West. Nous devrions parler avec la famille de Marco, pour savoir exactement ce qui s'est passé.

L'extérieur du manoir avait l'air un peu dur et froid, mais la chaleur nous envahit dès que nous mîmes les pieds à l'intérieur. Les murs étaient peints dans un ton doré discret et des tapis épais recouvraient les sols. Le hall d'entrée s'ouvrait sur une grande salle avec une énorme cheminée en pierre qui devait rendre la pièce incroyablement confortable en hiver. Une légère odeur de pain frais dans l'air attira mon attention, et mon estomac gargouilla.

— Je vais convoquer la famille féline, dit le lieutenant métamorphe coyote de West.

Son regard glissa vers deux des autres préposés.

— Apportez aux alphas et à notre métamorphe dragonne — et son amie — un petit déjeuner.

West lui adressa un sourire fin mais approbateur. Je m'enfonçai dans l'un des canapés douillets, Je fus immédiatement emmitouflée dans l'assise. Cet endroit ressemblait beaucoup à son maître, observai-je avec une pointe d'amusement. Dur et apparemment impénétrable de l'extérieur, mais avec des plaisirs inattendus si vous vous frayez un chemin au-delà de ces murs.

West était le seul des quatre alphas avec lequel je n'avais pas encore consommé mon union. Nous avions vécu une période tumultueuse ces dernières semaines. Il était sceptique à mon égard depuis le début, mais je pensais qu'il s'était adouci dernièrement, du moins un peu. C'était si difficile à dire avec lui. Mais les moments de passion qu'il s'était permis avec moi... Ma peau se réchauffa rien qu'en y pensant, malgré tous nos autres soucis que j'avais en tête.

Kylie s'assit sur le canapé à ma gauche et Nate à ma droite. Le métamorphe ours posa sur mon genou une main rassurante. Aaron occupa un fauteuil en face de nous, ses cheveux dorés de prince de Disney luisant dans la lumière de l'aube qui filtrait à travers la baie vitrée. West et Marco restèrent debout. West se tenait raide, les bras croisés sur sa poitrine, tandis que Marco faisait les cent pas.

— Ça n'aurait jamais dû arriver, marmonna-t-il. On a à peine éraflé ces vampires l'autre jour. On a *réglé* les choses avec le roi. Pourquoi écouterait-il quelques voyous galeux se plaindre à lui de toute façon ?

Il se tut lorsque le petit déjeuner arriva, du pain beurré, de la confiture et des tranches de jambon cuit qui me mirent l'eau à la bouche malgré moi. Je me fis un sandwich rapide pour calmer les douleurs de mon estomac.

Je n'avais pris que quelques bouchées quand les semblables de Marco apparurent, avec parmi eux un visage familier : Léonard le métamorphe, l'un des lieutenants de Marco, le visage rond réhaussé par des pommettes saillantes. Nous avions eu une première rencontre malheureuse. C'est-à-dire qu'il m'avait kidnappée, pensant que c'était le moyen le plus simple de m'amener à son alpha.

Maintenant, il avait l'air encore plus abattu que lorsque Marco lui avait reproché cette erreur. Ses yeux étaient creusés et une entaille rouge courait sur une de ces pommettes hautes où une blessure était à peine scellée. Cela ressemblait à l'éraflure d'une balle. Mes tripes se nouèrent. Je posai mon sandwich sur la table basse.

— Regardez ce que le chat a ramené, dit Marco, mais il n'arriva pas à mettre une pointe de taquinerie dans sa voix.

Il fit signe à Léonard et à sa compagne — une femme trapue aux cheveux argentés qui sentait le lynx — de s'asseoir sur l'un des autres canapés.

— Asseyez-vous avant de parler. Vous avez clairement eu assez d'aventures pour une nuit. Nous avons juste besoin de savoir ce qui s'est passé dans la maison, et ensuite vous pourrez retourner à votre sieste.

Léonard se laissa tomber sur le canapé et appuya sa tête dans le creux de ses mains. Il se frotta le visage de haut en bas.

— Nous n'avions aucune idée qu'ils arrivaient, dit-il d'une voix rauque. Nous ne surveillons jamais la maison d'aussi près — c'est en plein milieu de la banlieue, bon sang. Ce n'est pas l'endroit où l'on pense... Juste après le coucher du soleil, ils ont fait sauter la porte. Au moins dix d'entre eux, peut-être quinze. Je n'aurais pas pu compter. Ils sont entrés en trombe dans la pièce, et ont tout pulvérisé avec des balles. J'ai réussi de justesse à mettre Lindy à l'abri. Sandra et moi l'avons portée jusqu'à la voiture et nous sommes partis de là. Il n'y avait rien d'autre à faire.

Un frisson me parcourut. Nous tous, autour de la grande salle, nous nous sommes tendus.

— « Pulvériser de balles », répétai-je. Ils avaient tous des armes ?

Certains des métamorphes renégats nous avaient combattus avec des pistolets et des fusils, allant à l'encontre de l'une des lois métamorphes les plus fermes, mais leurs ressources en matière d'armement humain avaient semblé limitées. Je ne savais pas quelles étaient les restrictions auxquelles les vampires devaient faire face — pas dans ce domaine.

Leonard frissonna.

— Ils avaient des mitrailleuses, pour la plupart. De la

taille d'un pistolet, mais je n'ai pas envie de m'y frotter à nouveau. Les suceurs de sang n'ont même pas essayé de nous mordre. Ils savaient qu'ils perdraient s'ils devaient se battre à mains nues.

Ses lèvres se retroussèrent puis il continua :

— Les briseurs de serment *et les* lâches.

Les mitrailleuses. Putain de merde. Je vis la même horreur se refléter dans l'expression de tous les alphas. Comment pourrions-nous lutter contre une armée de morts-vivants équipés d'armes à feu de qualité militaire ?

— Et ils seront traités comme les briseurs d'alliance qu'ils sont, dit Marco, la voix tendue. Je suppose qu'ils n'ont pas donné d'indice sur la raison de cet assaut surprise ? Faire sauter nos maisons ne fait pas partie de leurs passe-temps habituels.

Leonard secoua la tête.

— Ils n'ont rien dit du tout. Ils ont juste ouvert le feu. Et les quatre autres félins dans la maison sont tombés avant même que je ne réalise ce qui se passait.

Il vacilla, son visage changea, son expression montrant son effondrement. Marco fit un pas vers lui.

— Ce n'est pas ta faute, dit-il fermement. Vous ne pouviez pas vous attendre à une attaque de cette ampleur. Et croyez-moi, les suceurs de sang vont payer.

— Y a-t-il autre chose que vous avez vu ou entendu qui pourrait nous être utile, dans notre riposte ? demanda Aaron.

— Je... Je n'ai rien qui me vient à l'esprit. Tout s'est passé si vite.

Léonard se frotta encore le visage. Il était visiblement épuisé.

— Sandra ? Marco dit.

La métamorphe lynx avait l'air tout aussi épuisé et en état de choc. Elle se balançait un peu sur ses jambes.

— J'ai entendu un des vampires dire quelque chose à l'un des autres, dit-elle. Qu'ils espéraient que les métamorphes s'entretuent, mais que s'en occuper eux-mêmes était plus amusant.

Elle grimaça à ce dernier mot.

Mes poils se hérissèrent. S'il y avait eu un vampire dans la pièce avec nous en ce moment, je pense que rien n'aurait pu m'empêcher de sortir mes serres de dragon de ma main et de lui trancher la tête.

— Ils savent que nous devenons plus forts, dis-je. Parce que je suis ici. Parce qu'il y a une métamorphe dragonne pour rassembler les familles à nouveau.

Je pris une profonde inspiration.

— Et je vais le faire. Ce que Marco a dit est vrai. Les vampires vont payer, par n'importe quelle moyen que je trouverai, ils vont payer.

C'était presque douloureux de voir l'espoir s'allumer derrière l'angoisse dans les yeux du métamorphe. Je ferais mieux de tenir cette promesse, même si je ne savais pas encore comment.

— Très bien, vous deux, dit Marco les désignant d'un geste. Vous avez fait ce que vous avez pu. Vous êtes sortis de là vivants, et vous avez sauvé Lindy aussi. Maintenant, allez-vous reposer. Nous pourrions avoir besoin de vous à la tombée de la nuit.

— Que se passe-t-il à la tombée de la nuit ? demanda Kylie alors que Leonard et Sandra retournaient dans leurs chambres.

— Toutes les légendes sur les vampires ne sont pas vraies, dit West. Mais la lumière du soleil les brûle à vif. Ils peuvent se promener dans les tunnels du métro sans problème, mais ils ne peuvent pas faire d'attaque en surface avant que le soleil ne se couche.

— Nous avons donc un peu de temps pour décider de nos prochaines étapes.

Nate se pencha en avant, passant sa main sur ses épais cheveux châtains.

— Nous devrions chercher à savoir s'il y a eu une activité vampirique près de l'un des autres centres-villes où ils ont leurs clans. New York est la plus grande, où y'en a-t-il d'autres ?

— Los Angeles, dit Aaron. Las Vegas. Chicago. Et Atlanta. Mais il y a aussi de petits groupes éparpillés dans les petites villes.

— Je ne comprends pas, éclatai-je. Pourquoi est-ce qu'ils nous attaquent soudainement comme ça ? Je sais que les métamorphes et les vampires ne sont pas, disons, en bons termes, mais ça... le commentaire que Sandra a dit avoir entendu... On dirait qu'ils nous détestent.

Marco fit une grimace.

— Il n'y a pas d'atomes crochus entre les vampires et les métamorphes, ça c'est sûr. Nous maintenons la paix grâce à notre traité plutôt qu'avec de l'affection de part et d'autre — tout comme avec les fae. Il a toujours été plus facile pour nos deux peuples de rester sur leurs propres territoires plutôt que de se lancer dans une guerre. Je ne sais pas pourquoi ils ont changé d'avis sur ce sujet.

— Mais c'est la guerre. Personne ne peut le contester. Avec des armes aussi puissantes...

J'avalais ma salive de travers.

— Nous avons nos avantages, dit Nate. Nous pouvons nous préparer à la lumière du jour, mais nous savons aussi nous battre dans l'obscurité.

— Nous ne serons pas des cibles faciles puisqu'ils ne pourront pas nous prendre par surprise, ajouta West.

Je passai ma main sur ma bouche.

— Ok. Donc la lumière du soleil les brûle. Qu'est-ce qu'on peut utiliser d'autre à notre avantage ? À quoi d'autre sont-ils sensibles ?

Marco leva un sourcil en me regardant.

— Après la lumière du soleil ? Je dirais que ce dont ils ont le plus peur, c'est le feu.

2

Ren

L e mur de pierre autour du domaine canin semblait plus que capable d'empêcher les tirs automatiques. Mais bien sûr, cela ne nous aiderait pas si les vampires trouvaient le moyen de le franchir. Je me mordis la lèvre, en y réfléchissant depuis ma position la cour de devant.

— De quoi d'autre doit-on s'inquiéter avec les vampires ? Ils sucent le sang des gens, ils sont plus forts et plus rapides que les gens normaux — mais pas plus que nous— et il semble qu'ils aient accès à l'artillerie lourde... Peuvent-ils se transformer en chauve-souris ? Sauter du haut d'un immeuble en un seul bond ?

Marco gloussa.

— Les métamorphes ont le monopole des transformations animales, princesse, donc pas besoin de s'inquiéter pour ça. Et les suceurs de sang ne sont pas non plus des clones de Superman. Leur plus grand avantage est qu'ils sont très difficiles à tuer, étant donné qu'ils sont déjà morts et tout.

— La lumière du soleil fera l'affaire, dit West, en regardant le ciel d'un air sombre.

Le soleil était presque au zénith, déversant la chaleur de l'été sur nous.

— Et le feu. Une décapitation propre. Pas grand-chose d'autre.

— Des pieux en bois ? suggéra Kylie, faisant un large geste avec son bras comme si elle en brandissait un.

— Je ne connais personne qui a essayé ça, dit Nate avec un froncement de sourcils pensif.

Aaron le saurait probablement — mais il avait reçu un appel téléphonique il y a cinq minutes et avait fait le tour de la maison pour parler sans être dérangé.

— Eh bien, ce n'est pas comme si nous allions pouvoir nous approcher assez près pour leur planter des pieux, ils ont des fusils automatiques de toute façon, dis-je. Le feu fera l'affaire.

Mais mon feu de dragon n'aiderait que la famille de métamorphes ici sur le domaine canin. Mes pensées se dirigèrent vers le village de métamorphes où nous avions passé quelques nuits après que mes alphas m'avaient trouvée. Tous les membres de la famille qui avaient été si impressionnés de me rencontrer, de savoir que la métamorphe dragonne était finalement de retour...

Ces petits villages n'avaient pas de grands murs de pierre pour arrêter les balles, et ils n'avaient pas non plus de dragonne pour déverser des flammes sur leurs attaquants. Protéger mon peuple serait bien plus facile s'il y avait plus de métamorphes comme moi.

Peut-être qu'un jour, il y en aurait une. Cette pensée me pinça le cœur. Il fut un temps où nous étions quatre métamorphes dragonnes : ma mère, mes sœurs et moi. Si je consommais mon union avec tous mes alphas, alors nous pourrions commencer à penser à élever nos propres enfants.

Mais pas maintenant. Pas dans un monde comme celui-ci. Je pouvais me battre pour les métamorphes avec tout ce que j'avais tant que je n'avais que moi à protéger. C'est en me sauvant, en essayant de sauver mes sœurs, que ma mère avait reculé lorsque les renégats avaient attaqué pour la première fois, il y a des années. Elle n'avait pu sauver que moi, et seulement en laissant le reste de son peuple derrière elle.

Aaron sortit de l'ombre qui entourait la maison, les aiguilles de pin tombées bruissant sous ses pieds. Un seul coup d'œil à son expression était suffisant pour me dire qu'il avait d'autres mauvaises nouvelles.

— Ils ont touché un des tiens aussi ? dit Marco quand le métamorphe aigle nous rejoignit.

Aaron hocha la tête, sa bouche prenant une expression peinée.

— Les vampires ont encerclé le village pour pouvoir tirer sur tous ceux qui tentaient de s'envoler. Quelques-uns ont pu s'en sortir, mais la plupart... C'était un massacre. Alice veille à ce que les survivants soient pris en charge.

Il avait renvoyé sa sœur au domaine aviaire sur la côte afin d'avoir quelqu'un en qui il avait entièrement confiance pour superviser son propre peuple, quand le reste de notre groupe se rendait au domaine de West.

J'eus l'estomac retourné. Nous avions reçu des

rapports similaires du village des métamorphes canins près de New York, d'une enclave de métamorphes félins non loin d'Atlanta, et d'un collectif des métamorphes disparates de Nate à quelques heures de Las Vegas. Les vampires avaient clairement exprimé leurs intentions sanglantes. Mais ils n'avaient fait aucune demande.

— Et nous n'avons toujours pas de réelle idée de ce que veulent les vampires ? dis-je.

— Ils veulent tous nous tuer, marmonna West. C'est évident.

— Je le sais, dis-je, résistant à l'envie de lui crier dessus. Je me demande *pourquoi*. Si nous savions pourquoi ils s'étaient soudainement retournés contre nous, nous pourrions trouver un moyen de pression que nous pourrions utiliser.

Nate a émis un son gêné.

— Pour autant que je puisse dire, le seul "levier" que ces suceurs de sang vont comprendre c'est d'être brûlés à vif. Et je suis impatient de te voir leur donner cette leçon.

— Si je peux faire une supposition… dit Aaron … d'après ce que la famille de Marco nous a dit, Ils ont aimé nous voir affaiblis sans notre métamorphe dragonne. Cela les avait rassurés quand nos semblables avaient commencé à s'en prendre les uns aux autres, de nouveaux conflits se développant. Ils espéraient que nous continuerions sur cette voie jusqu'à ce que nous soyons à la gorge les uns des autres. Mais nous sommes revenus. Comme tu l'as dit, nous redevenons plus forts, plus unis.

Il me fit un sourire crispé mais authentique.

— Ils ont peut-être réalisé que c'était leur dernière chance de nous anéantir avant que nous ne retrouvions toute notre force d'antan. Et ils s'étaient faits à l'idée qu'ils pourraient se débarrasser de nous facilement. Ils ne voulaient pas revenir à la situation d'avant, à devoir collaborer avec nous et faire des compromis.

— Ils peuvent oublier tout compromis après le massacre qu'ils ont commis ici, dit Marco en montrant ses dents.

Mais les vampires avaient toujours eu un avantage sur nous. J'étudiai le mur à nouveau, en pensant à tous ces villages qui n'avaient pas ce genre de protection.

— Quelles sont exactement les restrictions contre les métamorphes utilisant des armes ? Où mettez-vous la limite ?

— Nous ne leur tirons pas dessus, dit West.

— Je *sais*. Rien qui ne puisse être utilisé comme une arme. Mais y a-t-il une loi interdisant d'utiliser autre *chose* que nos corps dans un combat ?

— À quoi penses-tu, Ren ? demanda Nate.

Je fis un geste vers le champ qui se trouvait au-delà de la porte du domaine.

— Nous voulons réduire les vampires en cendres. Suis-je la seule autorisée à le faire, ou vos familles de semblables peuvent-elles aussi se battre avec le feu ?

Le regard d'Aaron devint distant alors qu'il réfléchissait.

— Tout ce que nous pourrions tenir et attaquer quelqu'un directement avec, comme une torche, serait interdit. Mais il y a d'autres façons d'utiliser le feu.

— Nous avons encore toute l'après-midi pour nous préparer, dis-je. Pourrais-tu demander à tes semblables de déposer un cercle de matériaux inflammables autour de leurs villages — autour des autres domaines aussi — qu'ils pourraient facilement allumer si les vampires se montraient ? Ce serait surtout pour se protéger... mais s'il leur arrivait de l'allumer pendant que des vampires passaient dans les parages, et que ces vampires prenaient feu, ça passerait, non ?

Les lèvres de Marco s'incurvèrent en un sourire en coin.

— J'aime ta façon de penser de plus en plus chaque jour, princesse.

— Ça les déstabiliserait aussi, dit Nate. Il nous serait plus facile de les abattre dans la confusion. Une bonne poussée dans les flammes...

Il s'essuya les paumes des mains avec une expression de satisfaction.

— Nos semblables devraient débarrasser la zone de la végétation, dit Aaron. Nous ne voulons pas finir par brûler une forêt entière. Mais on a le temps pour ça. Cela pourrait au moins retenir les vampires.

Hochant la tête, il sortit son téléphone.

— J'ai d'autres appels à passer.

Kylie tapa des mains.

— Eh bien, *je* ne suis pas liée par les lois des métamorphes, n'est-ce pas ? Je me demande si je peux trouver une sorte de lance-flammes. Je peux certainement te mettre en contact avec des gens qui t'en fournir en douce.

Je souris à ma meilleure amie. Si elle avait un superpouvoir, c'était celui de se faire un ami ou au moins une connaissance parmi tous ceux qu'elle rencontrait, c'est-à-dire beaucoup de gens. Avec toutes ses relations, elle pouvait obtenir à peu près tout ce dont on pouvait avoir besoin, du moins dans la partie humaine normale du monde. Ce que mes alphas avaient découvert pour la première fois à New York quand elle avait obtenu une piste sur un problème que nous n'avions pas réussi à résoudre.

— Je vais prendre ces noms, dit Nate à Kylie.

— Je te les file, dit-elle en prenant son téléphone. West, dis à Felix que je me rends déjà plus utile qu'il ne l'est.

Le loup métamorphe sourit à ce commentaire.

— Je pense que je vais le faire maintenant.

Il fit un signe de la main en direction de la maison.

Quelqu'un devait être à l'affût, car une minute plus tard, plusieurs des assistants de West se précipitèrent. Le métamorphe fennec aux cheveux fauves était parmi eux. Il jeta un coup d'œil à Kylie tout en se frayant un chemin. Son expression se transforma en un regard noir quand elle lui fit un signe du pouce et un large sourire.

— Nous avons besoin de dégager un périmètre de sécurité au-delà du mur du domaine, d'au moins dix pieds de large, dit l'alpha canin à ses proches. Ramassez toutes les brindilles qui pourraient s'enflammer pour que nous puissions les placer au milieu du périmètre. Nous pouvons les arroser d'essence pour faire bonne mesure.

— Attendez, dis-je alors qu'ils se dirigeaient vers la porte. Vous n'avez pas besoin de faire ça ici. *Je suis* là.

West me jeta un regard noir.

— Tu n'es qu'une dragonne, Étincelle, au cas où tu l'aurais oubliée. Une dragonne qui ne peut garder sa forme qu'une demi-heure avec un peu de chance. Si les vampires débarquent ici, il faudra les retenir toute la nuit.

— Ça ne me prendra pas toute la nuit pour les faire frire, rétorquai-je. Ce n'est pas comme si j'allais en faire griller un puis faire une promenade de dix minutes dans le domaine avant de passer au suivant.

— Et s'ils arrivent par vagues ? Si tu en rates certains avant et que tu es à court de jus ?

Je croisais les bras sur ma poitrine.

— Je peux me contrôler. Et je me suis déjà métamorphosée deux fois dans la même journée. La nuit ne devrait pas être différente.

Il soupira.

— Écoute, Étincelle, il me semble que nous ferions mieux d'avoir une protection supplémentaire au cas où une dragonne ne suffirait pas à nous tirer d'affaires. Ce sont mes semblables dont il s'agit ici, et plutôt mourir que de ne pas faire mon possible pour les protéger. À moins que tu n'aies un plan brillantissime pour détruire tous les vampires avant même que le soleil ne se couche ?

Il avait raison. Je savais qu'il avait raison. C'était juste que la façon dont il le faisait remarquer me dérangeait.

— Non, admis-je. Je n'en ai pas. Crois-moi, si c'était le cas, je ne me tairais pas.

— Oh, *crois-moi*, je le sais, dit West avec une lueur dans les yeux.

Avant que je puisse décider si c'était taquin ou hostile, une autre pensée me frappa.

— Pourquoi ne pas amener le combat à eux ? demandai-je. Ils sont totalement vulnérables pendant la journée, non ? Si nous trouvions leurs cachettes et...

Marco, qui était resté près de nous, commença à secouer la tête.

— S'il y a bien une chose que je peux accorder aux suceurs de sang c'est qu'ils sont très méticuleux lorsqu'il s'agit de leur routine de jour. Ils seront derrière une vingtaine de portes verrouillées dans un sous-sol sombre et profond, des dizaines de sous-sols sombres et profonds, à travers ces villes. Et nous ne savons même pas quels sous-sols. Je suppose que si nous brûlions la ville entière jusqu'au sol...

J'expirai brusquement.

— J'ai compris. Pas de chance de ce côté. Peut-être qu'on devrait aussi nous trouver des sous-sols secrets où nous cacher.

— Si les choses deviennent désespérées, j'ai l'impression que ton amie pourrait avoir quelques idées à ce sujet, dit Marco, l'air amusé.

Ouais, Kylie connaissait probablement au moins une poignée de bâtiments abandonnés où nous pourrions nous cacher pendant un moment. Mais ça ne nous aiderait que jusqu'à ce que les vampires nous retrouvent. Nous devions les convaincre que c'était trop dur d'essayer de nous exterminer ou alors nous devions les exterminer en ce moment, pendant qu'ils essayaient d'en faire de même.

La porte s'ouvrit à nouveau en grinçant. Felix entra, soutenant un jeune homme si chancelant et ensanglanté qu'on aurait pu croire qu'il serait tombé sans son aide. Mon cœur fit un bond dans ma gorge.

Les yeux de Marco s'agrandirent.

— Timothy, dit-il, en s'approchant à grands pas.

Le métamorphe blessé jeta un regard trouble à l'alpha félin.

— Il a juste déboulé vers l'endroit où nous étions en train de travailler, dit Felix. Il n'a rien dit. Je ne suis même pas sûr qu'il le puisse.

— Amenez-le à l'intérieur, dit West. Rapidement. Il a besoin de repos et de quelqu'un pour vérifier l'état de ses blessures.

Marco prit l'autre bras de Timothy. Felix et lui conduisirent le pauvre homme dans la maison du domaine. Je me précipitai après eux, mon cœur battant la chamade. Les vampires avaient-ils attaqué à nouveau ? Là maintenant, en plein milieu de la journée ? Cela ne devrait même pas être possible.

Les pieds de Timothy commencèrent à traîner sur le sol. Marco tressaillit au son et le souleva.

— On te tient. Encore un petit effort.

— Par ici, dit West, en ouvrant une porte au bout du couloir de la grande salle.

Un bureau à l'évidence avec deux murs d'étagères encastrées, un bureau, un fauteuil et un canapé, où Marco et Felix allongèrent le métamorphe félin.

Timothy frissonna et toussa.

— De l'eau ! dit Marco en faisant claquer ses doigts.

Felix partit en courant. Le métamorphe jaguar s'agenouilla près de son semblable.

Timothy n'avait pas été abattu — ou du moins, si les coups de feu l'avaient atteint ; ce n'étaient pas les blessures qui saignaient actuellement. Une profonde entaille sur ses côtes se refermait lentement. Un gros tas de cheveux avait été arraché de son cuir chevelu. J'eus un frisson intérieur en notant chaque blessure. Que lui était-il arrivé ?

Il ne pouvait évidemment pas encore nous le dire.

— Je peux appeler un de mes semblables pour..., commença West.

Marco le coupa d'un geste de la main.

— Je vais le faire. Il est sous ma responsabilité.

Il sortit une griffe de jaguar d'un index et l'enfonça dans la chair de son poignet. Je grimaçai en entendant le flot soudain de sang. La mâchoire serrée, Marco laissa couler un peu de sang sur le côté de Timothy, puis sur sa tête, combinant le pouvoir de guérison de son corps sain avec les meilleurs efforts de son subordonné. Puis il appuya la paume de son autre main sur son poignet pour encourager la cicatrisation de sa propre coupure.

Timothy murmura, ses membres se détendant dans le canapé. Ses paupières papillonnèrent. Felix réapparut avec un verre d'eau dans les mains.

— Merci, dit Marco en l'acceptant.

Il se retourna vers son semblable et porta le verre aux lèvres de Timothy.

Le métamorphe félin réussit à avaler deux ou trois gorgées. Marco se tourna pour poser le verre sur la table, et la main de Timothy se précipita pour saisir le devant de la chemise de son alpha.

— Alpha, dit-il la voix rauque.

— Hé, dit Marco, en mettant sa main sur celle de Timothy. Tu as besoin de récupérer. C'est un miracle que tu aies réussi à leur échapper.

Il a levé les yeux vers moi.

— C'est l'un des quatre disparus de ma maison de New York.

Il ne devait pas en savoir beaucoup plus que Leonard et Sandra, alors. Mais Timothy tira encore sur la chemise de Marco.

— Non, dit-il. Je ne me suis pas échappé. Ils m'ont envoyé. Je suis un message.

À côté de moi, West se raidit. Le regard de Marco se fit plus aiguisé.

— Quel est le message, Timothy ?

— Ce soir, s'étouffa le métamorphe blessé. Le roi va parlementer avec vous ce soir, à la tombée de la nuit, au carrefour de Marveille.

3

Je pris un virage serré à l'angle d'un des couloirs du domaine canin un peu trop rapidement et heurtai l'un des membres de la famille de West. Le métamorphe chacal jeta un coup d'œil à mon visage et se recroquevilla. Son menton se releva avec cette réaction instinctive que tous les canins ont pour exposer leur gorge lorsqu'ils évitaient un combat.

— Mes excuses, alpha. Je promets d'être plus prudent.

Merde. Je devais avoir l'air féroce pour qu'il réagisse comme ça. Je voulais que mon expression soit aussi calme que possible — ce qui n'était probablement pas beaucoup, vu la frustration qui bouillonnait en moi.

— Ce n'est pas grave, dis-je. Je *vous* ai bousculé. Sans vouloir vous offenser.

Il n'avait pas l'air complètement convaincu. Alors qu'il s'éloignait, je me forçais à rester en place, adossé au mur.

Je passai ma main sur mon visage comme si je pouvais faire disparaître la tension.

Je rôdais dans le domaine depuis près d'une heure, et je ne pensais pas avoir dépensé toute l'énergie due à la frustration. J'avais déjà passé tous les appels que je pouvais à mes lieutenants et autres proches. Chaque village situé à moins d'une demi-nuit de route d'une forteresse vampire se préparait déjà à repousser leurs assauts.

Normalement, je serais parti les rejoindre en avion, pour être en première ligne. Mais Ren avait besoin de moi. Notre lien venait juste d'être consolidé. Elle était encore si nouvelle dans son rôle de métamorphe dragonne.

Et même si elle avait pu se passer de moi pour les événements à venir cette nuit, nous devions parlementer avec le roi vampire juste après la tombée de la nuit, non loin d'ici.

Peut-être que tout ce bordel sera réglé à ce moment-là. Mais après avoir entendu parler des meurtres de masse que les vampires avaient déjà commis contre ma famille et les celles des autres alphas... je ne comptais pas là-dessus. Je n'étais certainement pas d'humeur à faire des compromis.

Mais traîner dans la maison comme un grizzly déchaîné dans un corps d'homme n'aidait évidemment pas. Je pris une grande inspiration et quittai le mur contre lequel j'étais appuyé. Je devrais probablement essayer de dormir un peu avant de partir. Nous pourrions avoir une très longue nuit devant nous.

Je me dirigeai vers l'extrémité sud du troisième étage, où se trouvaient les chambres principales, mais mes pieds comme mus d'une volonté propre me firent passer devant la porte de ma propre suite. Je m'arrêtai devant celle de

Ren. Elle était montée après le déjeuner pour se préparer à la nuit à venir. Elle apprécierait peut-être la compagnie.

J'ouvris la porte et je me retrouvai à regarder le dos de ma compagne qui était assise sur le sol du salon. Elle avait les jambes croisées et les mains posées sur ses genoux, la tête légèrement inclinée vers l'arrière, ses cheveux brun foncé tombant en cascade sur ses épaules. Je me tenais assez haut au-dessus d'elle pour voir que ses yeux étaient fermés.

Quelle que soit l'état dans lequel elle essayait d'entrer, je ne voulais pas la déranger. Je fis un pas en arrière, mais les charnières de la porte grincèrent sous ma traction. Les yeux de Ren s'ouvrirent en même temps que ses épaules se levaient d'un mouvement brusque.

— Désolé, dis-je en levant les mains. Je ne voulais pas t'interrompre.

Elle gémit et s'allongea sur le dos.

— Ce n'est pas grave. Je ne suis pas sûre que j'allais arriver à grand-chose de toute façon.

Elle semblait dire ça comme une invitation. Je m'accroupis à côté de ma compagne.

— Dans quel monde imaginaire essayais-tu de t'évader?

Ren se rapprocha un peu plus de moi, et j'étais plus qu'heureux de passer mon bras autour de sa taille alors qu'elle posait sa tête contre ma jambe. Ce simple contact apaisa la tension en moi bien plus que tout ce que j'avais essayé. Peut-être que je n'étais pas venu ici seulement pour son confort, mais aussi pour le mien.

— J'espérais que la méditation pourrait m'aider à étendre ma capacité de transformation, dit-elle. Je veux être capable de tenir la transformation plus longtemps. Assez longtemps pour faire face à chaque vampire que nous devons combattre.

— Espérons que nous n'aurons pas à nous battre contre l'un d'entre eux, si nous pouvons régler les choses avec les pourparlers

Elle émit un grognement dédaigneux, ce qui était à peu près ce que je ressentais à propos de cette possibilité aussi.

— Je dois être prête.

— Tu as acquis cette compétence très rapidement, tu sais, dis-je, en passant mon pouce sur son côté.

Elle portait le même T-shirt que ce matin, mais la chaleur de sa peau irradiait à travers le doux tissu.

— Ce n'est pas exactement la même situation, mais pour les enfants, lorsqu'ils commencent à apprendre, il leur faut généralement quelques années à partir du moment où ils peuvent gérer leur première transformation partielle afin d'atteindre une métamorphose complète. Et il faut encore plusieurs années avant que l'un d'entre nous n'atteigne le point où il peut conserver sa forme animale presque indéfiniment. Tu as franchi la première étape en quelques jours seulement.

— Parce que je ne suis pas une enfant, dit Ren. Parce que j'aurais dû le faire depuis le début. Mais l'endurance qu'il faut pour tenir la transformation prend beaucoup plus de temps. Je n'ai pas plusieurs années. Je n'ai même pas plusieurs jours. Les vampires nous ont déjà fait beaucoup plus de mal que les renégats ne l'ont fait.

— Ils sont mauvais, mais ils sont intelligents, dis-je. Et organisés, et disciplinés. Des choses que les renégats n'étaient certainement pas, sinon ils n'auraient pas rejeté les groupes de semblables en premier lieu. Mais nous pouvons encore battre les suceurs de sang. Tu fais tout ce que tu peux. Les vampires ont *peur* de toi, tu sais. C'est pourquoi ils attaquent maintenant. Ils savent que chaque jour, tu rends la communauté des métamorphes de plus en plus forte.

— Et je vais continuer à le faire, dit Ren.

J'aimais voir cette détermination ardente s'allumer dans ses yeux ambrés.

Puis elle bâilla, couvrant son visage avec son bras pour essayer de le cacher.

— Ok, dis-je. Je pense que nous avons tous les deux besoin de repos pour être prêts pour ce soir. Tu peux méditer davantage en dormant.

— Je ne pense pas que ça marche comme ça, marmonna Ren.

Je me levai, la portant dans mes bras, et un couinement de protestation s'échappa de ses lèvres.

— Nate ! Je peux le faire, protestai-je

— Mais c'est plus amusant, dis-je.

Elle marmonna un peu plus, mais blottit sa tête contre mon épaule. Je posai mon menton sur ses cheveux en la portant jusqu'au lit. Mon âme-sœur était forte, oui, mais ça ne lui faisait pas de mal de nous laisser être forts pour elle de temps en temps.

Je grimpai sur le lit et m'allongeai avec elle, partageant un oreiller. Ren ébouriffa mes cheveux.

— Mon grand ours fort, dit-elle comme si elle avait lu dans mes pensées, avec tant d'affection que mon cœur battait joyeusement la chamade.

Je penchai la tête pour l'embrasser. Elle glissa son bras derrière ma nuque et m'embrassa en retour, me serrant encore plus contre elle, et soudain le sommeil était la dernière chose à laquelle je pensais.

Ma main effleura son côté jusqu'à sa hanche et remonta jusqu'à sa poitrine. Le souffle de Ren se fit entrecoupé contre ma bouche. Elle m'embrassa de façon plus poussée alors que je titillais son mamelon jusqu'à la pointe ; un gémissement s'échappa de sa gorge. Quand elle recula, ses joues étaient rouges et ses yeux brillants.

— On devrait se reposer, dit-il. Mais peut-être que si nous sommes *vraiment* rapides, il y a de la place pour un peu plus d'amusement d'abord ?

Je rigolai.

— Je ne peux pas dire non à ça.

Puis je roulé directement sur elle, avec l'intention de transformer ce rire en gémissement.

Ren

Kylie était exactement à l'endroit où Aaron m'avait dit l'avoir vue pour la dernière fois, dans un petit salon juste à côté de l'entrée principale. Elle sourit quand j'entrai, extirpant son petit corps du fauteuil.

— Ren ! fit-elle, puis son expression devint brusquement sérieuse. C'est déjà l'heure pour toi de partir ?

Je secouai la tête, en m'asseyant sur la chaise à côté de la sienne.

— Nous avons encore une heure devant nous. J'ai réfléchi...

Je marquai une pause, essayant de trouver la meilleure façon d'aborder ce sujet.

La dernière chose que je voulais, c'était que ma meilleure amie pense que j'essayais de la laisser tomber. Mais je n'allais pas me sentir bien si nous n'avions pas cette dernière conversation.

— À quoi ? insista Kylie, en me regardant.

Je croisai son regard, en espérant qu'elle puisse lire l'émotion dans le mien.

— Tu sais à quel point j'apprécie de t'avoir ici. Combien j'ai été heureuse de t'avoir à mes côtés depuis que nous sommes amies. Alors je te promets que je ne dis pas ça parce que je le *veux*. Mais parce que tu comptes tellement pour moi, je dois te demander, maintenant que les choses sont devenues encore plus dangereuses, si tu es sûre de vouloir rester ici.

Kylie me fit un sourire en coin.

— Où d'autre pourrais-je être ?

— Tu peux retourner à ta vie d'avant, je suppose, dis-je. Tu as notre appartement — je peux continuer à payer ma part du loyer, et j'espère pouvoir te rendre visite souvent. Tu as ton travail. Les vampires ne t'embêteront pas là-bas. Mais tant que tu seras ici avec les métamorphes... Je ne pense pas que ça comptera que tu n'en sois pas une aussi. Ils ne font pas attention avec leurs balles.

— Ok, dit Kylie. Je comprends pourquoi tu es inquiète. Je n'ai pas vraiment envie de m'attaquer à des vampires armés jusqu'aux dents non plus. Mais je peux te demander quelque chose ? J'attends une réponse honnête.

— Bien sûr, dis-je.

Elle inclina la tête, étudiant mon expression encore plus attentivement maintenant.

— Si tu pouvais avoir ta vie comme tu le souhaites en ce moment, dans la situation la plus parfaite possible, à quoi cela ressemblerait-elle ?

Mon Dieu, quelle question. La simple idée de pouvoir me débarrasser de tout ces conflits me faisait à la fois gonfler le cœur et souffrir. Je laissai mon esprit dériver dans ce scénario imaginaire. À quoi cela ressemblerait-il si je pouvais avoir tout ce que je voulais ? Je lui avais promis une honnêteté totale.

— Je vivrais avec mes quatre hommes, tout le monde serait heureux et s'entendrait bien, plus de doutes entre nous. J'irais d'un domaine à l'autre et dans différentes villes, j'imagine, pour aider à résoudre les petites querelles qui surgiraient. Et tu serais à mes côtés, bien sûr. On pourrait passer du temps ensemble, entre filles, quand je n'aurais pas d'autres affaires à traiter.

Je me concentrai à nouveau sur elle.

— Mais je n'ai aucune idée de quand ou si j'arriverai à ce point. Et c'est justement ce que *je* voudrais. Tu as une vie aussi. Je ne voudrais pas que tu restes dans un coin de ma vie si tu es plus heureuse en vivant une vie normale. Une vie dans laquelle il n'y a pas de vampires qui nous tirent dessus et Dieu seul sait quoi d'autre dans le futur.

Kylie me sourit comme si aucun de ces scénarios d'horreur possible dans le futur ne pouvait l'effrayer.

— Qu'est-ce qu'il y a de si génial dans la normalité ?

dit-elle. Je voulais juste savoir quelle serait ma place dans ta vie quand tu ne t'inquièteras pas pour ma sécurité. Parce que c'est exactement là où je veux être aussi. Si tu es contente que je reste dans le coin, si je peux travailler ici au lieu de ce travail minable à New York, je suis tout à fait partante. Bien sûr, traîner avec des métamorphes peut être un peu effrayant, mais c'est aussi assez incroyable.

Je déglutis fortement, tant de joie bouillonnait en moi que je ne savais pas quoi en faire.

— Tu es sûre ? demandai-je. Vraiment, *vraiment* sûre ?

Kylie rigola.

— J'ai eu beaucoup de temps pour y penser ces derniers jours, tu sais. Et il n'y a pas eu un seul moment où j'ai souhaité ne pas être venue ici. Vu que tu es censée être la reine de tous les métamorphes, je suis presque sûre que je suis censée être ton bras droit. Je n'ai peut-être pas de destin paranormal, mais ça me semble être un destin.

L'émotion me submergea. Les mots ne semblaient pas assez. Je me levais et pris ma meilleure amie dans mes bras. Elle m'enlaça en retour.

— Voilà, a-t-elle dit. Je suis contente qu'on ait réglé ça. Une fois pour toutes ? Tu dois vraiment arrêter d'essayer de me protéger. Je suis une grande fille.

— Je sais, dis-je. Je te promets que c'est la dernière fois que j'en parle. Je voulais juste être complètement sûr. Si quelque chose t'arrivait et que je pensais que tu n'étais là que pour moi...

— Non, dit Kylie. Je suis à cent pour cent dans cette histoire pour moi aussi. Je veux dire, regarde-moi cette piaule.

Elle fit un geste montrant la pièce dans laquelle nous

nous trouvions avec une lueur malicieuse dans les yeux. Mais quand elle se retourna vers moi, elle avait retrouvé un peu de son sérieux.

— Je sais à quoi m'attendre ici, Ren. Et je suis prête.

J'expirai et lui fit un sourire en coin.

— Bien. J'espère vraiment que moi aussi. Viens, on ferait mieux d'aller dîner. Je préfère ne pas combattre les vampires l'estomac vide.

4

Ren

—Ce carrefour leur donne-t-il un avantage quelconque si on en venait à se battre ? demandai-je à West.

J'étais assise à côté de lui dans la jeep qu'il avait choisie parmi les différents véhicules de sa propriété.

Il avait conduit à grande vitesse sur la majeure partie du trajet, mais les vingt derniers kilomètres, nous les avions parcourus lentement et prudemment. Les vibrations du moteur résonnaient dans le siège sous mes pieds. Les voitures devant et derrière nous émettaient un grondement similaire.

— Juste autour du carrefour, le terrain est assez ouvert, dit West sans quitter la route des yeux. Il n'y a pas beaucoup d'endroits où nous pouvons nous abriter. J'aurais préféré un environnement comme celui que nous avons ici si j'avais eu le choix.

Il fit un signe de tête en direction des forêts de pins

qui se profilaient de part et d'autre de l'étroite route. Dans la nuit profonde, les silhouettes noires des cimes d'arbres se découpaient contre le bleu sombre du ciel nuageux. La lune brillait encore faiblement à travers une fine couche de brume.

Un de ses semblables, à l'arrière, était entré en contact avec les éclaireurs que West avait envoyés plus tôt.

— Rayanne dit qu'il y a au moins cinquante vampires au point de rassemblement en ce moment, dit-il, une note d'inquiétude dans la voix.

La mâchoire de West se contracta. Les autres alphas étaient venus aussi, bien sûr, dans d'autres voitures, et quelques douzaines de membres de la famille de West aussi, au cas où nous aurions besoin de renfort. Mais...

— Si cinquante vampires signifient cinquante fusils, nous n'aurons pas beaucoup de chance, dis-je.

— Sans blague, Étincelle, dit West. Tu veux retourner au domaine ?

Je n'arrivais pas à savoir s'il posait la question sérieusement ou par jeu.

— Est-ce vraiment une option ? dis-je.

Il étouffa un rire.

— Je suppose que cela dépend de l'importance que tu accordes à la diplomatie.

— Je ne pense pas à la diplomatie. Je pense à ne pas nous faire tuer.

— Crois-moi, c'est aussi en haut de ma liste de priorités. Des suggestions brillantes sur la façon de faire pencher la balance en notre faveur ?

Comme les renégats avaient échoué, les vampires pourraient avoir organisé ces pourparlers dans le but d'essayer de nous massacrer les alphas et moi. Ou ils pourraient honnêtement être disposés à négocier une sorte de paix. Ha ha. D'un autre côté, si nous *ne* nous rendons pas aux pourparlers, nous étions presque sûrs qu'ils attaqueraient immédiatement la communauté des métamorphes à nouveau. Nous avons le choix entre une situation horrible ou une situation affreuse. Je ne choisirai ni l'un ni l'autre, merci bien !

Bien sûr, *ce n'*était pas du tout une option. Je soupirai.

— Je ne savais même pas que les vampires existaient il y a un mois. Ne devrais-tu pas avoir de meilleures idées que moi ?

— Je ne pense pas que tu aimeras mon idée, marmonna West.

Qu'est-ce que ça voulait dire ?

Juste à ce moment-là, la sonnerie du téléphone retentit encore. Le gars à l'arrière émit un son de mécontentement.

— Un autre camion rempli de suceurs de sang est arrivé. Et ils se dispersent autour du carrefour. Ils se fondent dans l'obscurité comme ils ont l'habitude de le faire, mais nos hommes peuvent les sentir. On dirait qu'ils ont l'intention de nous encercler dès notre arrivée.

Ça ne ressemblait pas à une préparation pour une conversation à cœur ouvert. West et moi échangeâmes un regard. Son expression était devenue encore plus sinistre.

— On ne peut pas les rencontrer comme ça, dis-je, me préparant à un autre commentaire acerbe.

Mais le métamorphe hocha la tête.

— Non, dans la vie, il y a des choix risqués et des

choix de tête brûlés. Bertrand, y a-t-il un endroit décent où se garer entre ici et là-bas ?

Son lieutenant scanna la zone sur l'application du téléphone montrant une carte.

— Il y a une vieille station-service à quelques kilomètres plus bas sur la route. Hors service, donc il n'y aura personne là-bas, et le terrain a l'air d'être de taille décente.

— C'est là où nous allons, alors. Dis aux autres conducteurs de nous y retrouver.

— Et ensuite on fait quoi ? demandai-je.

Le sourire de West était toujours aussi sinistre.

— Ensuite, nous dirons aux vampires que nous avons parcouru la moitié du chemin, et que s'ils veulent nous rencontrer, ils peuvent venir à nous, sur le terrain que *nous avons* choisi. Et s'ils essaient de faire des choses bizarres sur le chemin, on s'occupe d'eux à ce moment-là.

— Les armes, dit l'un des gars à l'arrière avant de mettre sa main à la bouche pour se taire, comme s'il craignait de paraître trop nerveux.

— Si les vampires commencent à ouvrir le feu, nous devrons nous tirer de là, dis-je. Tout le monde retourne dans les voitures, et on va au domaine. Dis-leur aux autres aussi.

Dès que je cessai de parler, je me demandai si j'avais dépassé les bornes en donnant des ordres à la famille de West. Mais il ne fit pas de commentaire. Je suppose que cela signifiait qu'il était d'accord avec le plan. Il appuya sur l'accélérateur, augmentant la vitesse pour que nous atteignions notre nouvelle destination plus tôt. Le ciel était presque entièrement noir maintenant.

— Je couvrirai tout le monde, ajoutai-je. Je cracherai du feu pour les retenir pendant que les autres s'enfuiront.

West tourna de nouveau son regard vers moi.

— Ne sois pas stupide, Ren. Tu vas devoir te tirer de là aussi. Tu es la seule personne qu'on ne peut se permettre de perdre.

— Je suis la plus à même de m'assurer qu'on ne perde personne, dis-je. Je peux esquiver quelques balles.

— Tu n'as jamais fait face à des armes comme ça avant.

Il n'avait pas tout à fait tort. Mais mon esprit glissa jusqu'à Fisher, le gars pour qui je devais commettre des vols en échange de nourriture et d'un abri avec un tas d'autres enfants des rues quand je me débrouillais toute seule après la disparition de Maman ; au revolver qu'il avait toujours dans la poche arrière de son jean. Aux armes que j'avais aperçues sur certains de ses collègues lorsqu'ils étaient venus le chercher.

— Tu ne sais pas ce que j'ai vu dans ma vie d'avant. Je parie que j'ai vu plus d'armes que toi.

— Ça ne veut pas dire que tu dois te jeter sur eux, dit West.

Je me crispai, mais il eut immédiatement l'air chagriné. Parce qu'il regrettait de m'avoir dit ça ou parce qu'il regrettait de l'avoir dit de cette façon devant sa famille ? Qui sait ? Mais je sentis, sous la tension de l'anticipation qui parcourait son corps, un frémissement d'inquiétude.

Peut-être ne voulait-il pas mettre toute sa foi en moi pour sauver sa famille. Peut-être n'avait-il pas confiance en mes idées. Mais quoi qu'il en fût, il s'inquiétait aussi pour *moi* au moins un peu.

La réplique que j'avais sur le bout de la langue s'envola.

— Je ne cherche pas à me faire tirer dessus" dis-je, ma voix plus douce. Je ferai seulement ce que je dois faire, pour m'assurer que nous nous en sortions tous. Et nous tous, moi y compris.

— Je ne partirai pas tant que tu ne seras pas partie, dit West, d'un ton bourru, mais même si je ne m'attendais pas à autre chose, l'entendre dire ça fit monter une palpitation dans ma poitrine.

Comme lorsqu'il m'avait embrassée hier soir, avec une tendresse nouvelle que j'espérais pouvoir expérimenter à nouveau.

Mais pas maintenant, évidemment. Les poutres arquées de l'enseigne de la station-service apparurent devant nous. Le camion et la berline devant nous avaient tourné, et West les avait suivis.

Nous nous garâmes le long du terrain abandonné. En faisant tourner le moteur, n'importe laquelle des voitures devrait être capable de sortir de l'accotement pour rejoindre la route si nous devions faire un départ précipité.

Des feuilles sèches, qui devaient être des restes de l'automne dernier, crissèrent sous mes pieds lorsque je sortis. L'enseigne au-dessus de moi grinçait lorsque le vent la faisait osciller sur ses chaînes. Les pompes devaient être complètement à sec — pas même la moindre odeur d'essence ne parvenait à mon nez aiguisé. Il n'y avait que l'odeur de pin de la forêt, comme au domaine de West, avec une pointe de métal rouillé en plus.

— Donne-moi le téléphone, dit West en tendant la main.

Son lieutenant le lui remit. Alors que le reste de notre contingent se répandait hors de leurs véhicules, l'alpha canin appela un de ses éclaireurs.

— Rayanne. Petit changement de plan. Les vampires peuvent nous retrouver à une station-service à 10 km du carrefour. Tu leur dis ça d'aussi loin que possible, puis tu enfourches ta moto et tu viens nous rejoindre. Je ne veux pas qu'ils te fassent payer leur « déception ».

Les autres alphas nous avaient rejoint d'un pas lent.

— Voyons s'ils veulent toujours jouer au plus malin maintenant que nous sommes au courant de leurs tours, dit Marco avec un sourire féroce.

— J'imagine qu'ils comprendront pourquoi nous modifions le plan, déclara Aaron. S'ils pensent avoir quelque chose à gagner en arrivant à un compromis, ils accepteront. Si la violence était leur seul but...

Sa mâchoire se contracta. Il jeta un coup d'œil sur l'autoroute comme si nous pouvions déjà voir les vampires se diriger vers nous.

Il se pourrait que ce soit toujours le cas. Avec des armes à la main, prêts à ouvrir le feu.

Le scout rappela. West porta le téléphone à son oreille, dit quelques mots d'encouragement, puis nous jeta un coup d'œil.

— Ils semblent avoir accepté de nous rencontrer ici. Ils sont en chemin maintenant. Soyez prêts.

— Où voulez-vous que nous soyons tous stationnés, monsieur ? demanda Bertrand.

— Nous ne voulons pas leur donner une raison de penser que nous avons des intentions autres que pacifistes, dit Aaron. Cela mettra fin à ces pourparlers avant même qu'ils ne commencent.

— Même s'ils s'en sont déjà violemment pris à nous, marmonna Nate.

Il se rapproche de moi.

— Qu'ils essaient de se plaindre.

— Non, l'aigle a raison, dit West.

Il fit un signe de tête à ses semblables.

— Dispersez-vous dans les bois, mais restez de notre côté du terrain. Juste assez loin en arrière pour qu'ils ne puissent pas vous voir. Les vampires ne peuvent pas compter sur l'odorat. Mais je vous veux assez près pour engager le combat si nécessaire — ou grimper dans ces voitures et partir d'ici si on en arrive là. Vous connaissez les signalements.

À l'exception de quelques éléments qui avaient continué à nous flanquer, le reste des métamorphes canins se retirèrent dans la forêt à côté de la station-service.

Des lumières brillaient au loin sur l'autoroute. Mes épaules se raidirent. Les suceurs de sang étaient là.

— Je devrais me transformer maintenant, dis-je. Ainsi, je serai prête. À la seconde où je vois une arme, je les explose toutes. S'ils sont vraiment là pour négocier, vous avez une meilleure idée que moi de ce que dit le traité de toute façon. Des objections ?

Aucun des alphas n'alla contre ma décision.

— Sois prudente, c'est tout, dit Aaron.

Marco me fit un sourire.

— Ce sont eux qui devront faire attention avec notre princesse des flammes qui rôde.

Ils continuèrent à surveiller la route pendant que je me déshabillais. Lorsque les premiers camions furent suffisamment proches pour que je puisse les distinguer derrière leurs phares, je posai un genou à terre et commençai la transformation.

C'était un plaisir de se métamorphoser à un rythme naturel plutôt que de me précipiter aussi vite que je pouvais et forcer le changement. Mes muscles s'étirèrent et me picotaient au lieu de me faire mal. Les écailles ondulaient sur ma peau accompagnées d'un frisson étourdissant. Mes ailes se déployèrent dans mon dos, envoyant une bouffée d'anticipation dans mes nerfs. Je surplombai les wagons, le feu piquant déjà à la base de la gorge de mon dragon.

Je ne pensais pas avoir l'utilité de mes flammes de vérité ce soir. Si les vampires qui avaient massacré nos semblables faisaient un pas de travers, je les transformerais en barbecue aussitôt. Cela ne résoudrait pas le problème de tous les autres groupes de vampires, mais au moins cela réduirait un peu leur nombre. Et ce serait très satisfaisant en même temps.

Les camions, de petits camions de livraison sans lucarnes sur les volumineux compartiments arrière, rangèrent dans le parking, restant du côté opposé au nôtre. Je gardai mes yeux de dragon fixés sur les pare-brise et les portes, à la recherche du moindre signe d'une silhouette levant une arme.

Un homme mince et élégant sortit du camion du

milieu. Ses cheveux étaient d'un noir très foncé et ses yeux brillaient d'un semblant de vie, mais sa peau était d'une pâleur mortelle. Une odeur aigre atteignit mes narines.

La puanteur des morts-vivants, que seuls nos nez sensibles de métamorphes pouvaient déceler. Leurs victimes humaines ne s'en rendaient jamais compte.

Ce type était clairement le roi. Il s'avança au milieu du terrain, devant les pompes à essences abandonnées, comme s'il n'était pas inquiet pour lui-même. Son regard ne se tourna même pas vers moi, même s'il n'avait pas pu manquer le dragon massif qui l'observait. Neuf de ses hommes s'étaient rassemblés derrière lui, montant la garde. Les autres étaient restés dans les camions.

— Nous sommes venus à vos pourparlers, dit West.

Lui et les autres métamorphes se tenaient près de la première de nos voitures, prêts à l'utiliser comme bouclier.

— Peut-être aimeriez-vous expliquer pourquoi votre peuple a attaqué tant des nôtres la nuit dernière ?

Le roi vampire, un sourire pincé dit :

— C'était une démonstration. Pour fournir un contexte à cette discussion.

— Ce contexte a entraîné la mort de plus d'une centaine de personnes parmi les nôtres, dit Nate, sa voix étant presque un grognement.

Le roi le regarda d'un air blasé.

— Et maintenant vous savez à quel point je suis sérieux. Mais personne d'autre n'*a besoin de* mourir.

— Merveilleux, dit Marco. Nous sommes dûment informés de votre sérieux. Et si nous parlions de la vraie raison de votre présence ici ?

— C'est entièrement votre faute, dit le roi des vampires d'un ton hautain. Nous savons tous que l'espace pour les surnaturels dans le monde moderne s'amenuise. Nous, les vampires, avons appris à nous adapter, à nous fondre parmi les humains pour qu'ils ne nous découvrent pas. Mais vous, les métamorphes... Un ricanement se glissa dans sa voix... Comme les animaux dans lesquels vous vous transformez, vous laissez vos instincts les plus bas dominer votre bon sens. Vous courez partout sans contrôle. Vous ne pouvez pas garder une forme humaine.

— Nous nous occupons de tous les problèmes causés par notre espèce, dit Aaron.

— Pas assez bien. Vous ne pouvez même pas contrôler suffisamment votre propre espèce pour l'empêcher de se retourner contre vous. J'ai entendu parler du chaos causé dans votre communauté par des métamorphes qui vous ont attaqué plus d'une fois et se sont enfuis.

Il laissa échapper un léger soupir.

— Vous êtes négligents, et vous finirez par être découverts. Et ensuite, les humains iront à notre chasse. Aucun de nous n'est en sécurité tant que vous continuerez à céder à vos pulsions animales.

— Nous avons besoin de nous transformer tout comme tu as besoin de boire du sang, dit West avec fermeté. Pourtant nous n'essayons pas de t'empêcher de manger.

— Nous n'avons pas besoin de courir à découvert, tous crocs dehors pour manger, rétorqua le roi.

Il a frappé ses mains l'une contre l'autre.

— De mon point de vue, il serait préférable que nous soyons débarrassés de vous tous. Mais je suis prêt à envisager une alternative. Nous avons identifié quelques zones isolées du pays que les humains trouvent si désagréables qu'ils s'y rendent rarement. Vous y resterez, et ne franchirez jamais ces limites, et alors vous pourrez vivre.

Il pensait vraiment que nous serions d'accord avec ça ? Déplacer toute la communauté des métamorphes dans des zones inhospitalières — et puis quoi encore? Avec les vampires qui nous surveilleraient comme dans des camps de réfugiés, s'assurant que nous ne nous aventurerions jamais au-delà des limites ? Je montrai les dents.

— Vous devez savoir que c'est une suggestion complètement déraisonnable, dit Aaron.

Marco gloussa sèchement.

— Nous n'allons pas déraciner tous nos proches juste pour que vous puissiez céder à votre paranoïa. Qu'est-ce que vous proposez d'autre ? Nous pourrions être disposés à travailler avec vous — si vous travaillez réellement *avec* nous et n'essayez pas simplement de nous rassembler dans un enclos.

La posture du roi changea. Je le sentis à ce moment-là, avant même qu'il n'ait ouvert la bouche. Il avait joué le rôle de négociateur, mais il ne s'attendait pas vraiment à ce que nous acceptions. Et il se ferma complètement à la discussion.

Il s'était renfermé pour se consacrer à l'autre objectif de cette réunion.

Un rugissement d'avertissement s'échappa de ma gorge au moment où un flot de vampires jaillit de l'arrière des camions.

5

Ren

Le feu monta dans ma gorge après mon rugissement. J'aurais réduit le roi des vampires en cendres s'il n'avait pas bougé si vite. Le dirigeant des suceurs de sang bondit dans l'ombre autour des vieilles pompes à essence et disparut. Apparemment, les vampires pouvaient non seulement se fondre dans l'obscurité, mais ils pouvaient aussi y disparaître.

Je n'eus pas le temps de me demander si je pouvais le poursuivre dans l'obscurité. Des dizaines de soldats vampires chargeaient pour prendre sa place, brandissant les armes qu'ils avaient dû planquer dans les camions pour nous viser, mes alphas et moi.

Au diable tout ça. Je crachai les flammes qui crépitaient à l'arrière de ma bouche avec un râle aigu. Mon feu de dragon s'abattit sur les suceurs de sang en une vraie déferlante. Chaque corps de vampire qu'il toucha fut réduit en cendres.

Plusieurs coups de feu retentirent par-dessus le bruit des flammes. Une balle toucha mon épaule provoquant une petite explosion de douleur. Pas assez pour me ralentir. D'un mouvement de tête et d'une nouvelle salve de feu, les armes furent transformées en un tas de déchets difformes.

Je sautai en avant dans le tas de poussière cendrée que j'avais créé, me préparant pour une autre explosion. Une partie des vampires avaient été malins et avaient couru vers la ligne d'arbres à la limite du terrain. Ma nouvelle explosion de feu toucha ceux qui traînaient en arrière, mais un plus grand nombre de vampires que je ne le souhaitais s'étaient réfugiés à l'abri des arbres où je devais les abattre un par un.

Des coups de feu furent tirés et des grognements se firent entendre depuis la forêt. Les métamorphes qui étaient venus nous défendre devaient être en train de tourner autour du terrain pour repousser les attaquants vampires.

— Dans les voitures ! Nate criait. Les pourparlers sont finis.

La voix de West, dure de colère, domina celle du métamorphe ours.

— Tout le monde, partons d'ici, *maintenant*. N'engagez pas le combat sauf si vous le devez.

Les vampires qui étaient venus à notre rencontre avec leur roi et sans armes s'en étaient allés en courant leurs camions. Pour prendre plus d'armes, je pariai. Ils pouvaient oublier ça ainsi que l'espoir de reprendre le volant de leurs camions aussi. Je n'allais pas les laisser nous poursuivre une fois sur la route.

Je fis pleuvoir le feu sur l'avant des véhicules, faisant fondre les capots métalliques et les moteurs en dessous pour en faire des masses tordues. Les pare-brise cédèrent sous la chaleur. Quelques vampires à l'arrière des camions se cachèrent derrière les aires de cargaison, armes à la main. Je sautai plus haut dans les airs, invoquant un autre jet de feu.

Je n'eus pas le temps d'en griller ne serait-ce qu'un. Une arme automatique tonnait, ses balles me transperçant les pattes arrière et la cuisse. J'hurlai de rage plus que de douleur et je bombardai le vampire de flammes. En un instant, lui et son arme n'étaient plus qu'une masse en fusion.

D'autres coups de feu continuaient à être tirés au milieu des arbres. Ignorant la douleur cuisante qui irradiait dans mes jambes, je me dirigeai vers la forêt. Certains métamorphes se précipitaient vers nos voitures, mais d'autres luttaient encore contre les vampires, essayant de couvrir la fuite de leurs proches.

Un loup noir trancha le cou d'un vampire, et le suceur de sang s'effondra dans un mouvement d'inertie. Deux renards, un roux et un fauve avec de grandes oreilles que je supposais être Felix, plantèrent leurs dents dans les jambes d'un autre vampire au même moment et tirèrent. Le vampire bascula, et Felix était à sa gorge une seconde plus tard.

Les arbres empêchaient les vampires d'avoir des cibles non obstruées avec leurs fusils, mais cela ne les empêchait pas d'utiliser leurs armes. Les balles s'écrasaient contre les troncs d'arbres et l'écorce giclait. Un coyote trébucha et tomba sous la pluie de balles qui l'avaient touché à la poitrine. Le lieutenant de Marco, qui s'était joint à nous pour les pourparlers, se jeta sur une suceuse de sang et écrasa la tête de la femme contre la racine d'un arbre. Avant qu'il ne puisse se retourner, un autre vampire bondit de derrière un arbre et commença à tirer.

Le sang jaillit des blessures que Léonard avait sur le côté. J'emprisonnai le vampire dans un étau de feu. Deux métamorphes canins coururent pour attraper le métamorphe lion alors qu'il s'écroulait et reprenait sa forme humaine. Ils soulevèrent leur allié blessé pour le porter jusqu'aux voitures qui attendaient.

Je grillai deux autres vampires. Entre la douleur qui se propageait de mes propres blessures et l'énergie que j'avais déjà épuisé, mon corps de dragonne commençait à picoter. Je n'allais pas pouvoir tenir la transformation beaucoup plus longtemps.

Les lumières brillaient de notre côté du parking. Les moteurs grondaient tandis que les métamorphes canins attendaient que les derniers retardataires rejoignent les véhicules. Quelques voitures s'étaient déjà éloignées. Alors que le reste des métamorphes combattants s'échappaient des arbres, les vampires restants se repliaient à l'orée de la forêt d'où ils pouvaient plus facilement nous prendre en chasse.

Pas si j'avais mon mot à dire sur le sujet. Je plongeai, créant une ligne de feu le long du terrain. Sous sa forme de loup, West se faufilait parmi les métamorphes en fuite, les poussant vers les voitures. L'ours de Nate chargea les vampires qui essayaient d'esquiver mes flammes. À l'autre bout du terrain, Aaron et Marco attaquèrent les derniers vampires qui se trouvaient près des camions.

Mes flammes s'amenuisaient. Je me comprimai la poitrine pour essayer d'en produire plus mais mes poumons protestèrent. À ce moment-là, un des vampires s'élança et appuya sur la gâchette de son arme dirigée droit sur le dos de Nate.

West bouscula le métamorphe ours sur le côté mais son loup n'était pas assez puissant pour vraiment faire bouger le grand animal. Les balles caressèrent la tête du grizzly et laissèrent des marques sur son flanc. Nate grogna et se retourna sur lui mais déjà il titubait.

Non ! La panique me poignarda, me nouant l'estomac. La furie qui en découla me gagna si rapidement que ma vision en fut troublée.

Pas mon âme-sœur. Ces monstres non-vivants n'allaient pas me l'enlever.

Plus de flammes que je pensais avoir en moi, que je pensais pouvoir conjurer, jaillirent de mes poumons. Elles brûlèrent ma gorge et roussir mes dents. Je les expulsai dans un cri de colère.

Le jet de flammes s'écrasa contre les vampires à l'orée de la forêt, les cramant tous avant qu'ils ne puissent ne serait-ce que réagir. Les flammes ravagèrent aussi les arbres. Remontant le long des troncs d'arbres, noircissant l'écorce et mordant le bois qui se trouvait sous l'écorce. Dansant dans les feuilles d'arbre et remplissant l'air d'une odeur de fumée. Le vent qui se levait transforma les flammes en une furie qui égalait la mienne.

Une furie que je ne pouvais contrôler. Le feu se répandit d'arbre en arbre, cramant le reste des vampires ou les poussant à courir se réfugier dans l'obscurité. Mais le feu ne s'arrêta pas. Il continua de crépiter, dévorant toute la végétation sur son passage.

Je touchai terre. Mes jambes humaines tremblèrent alors que je me transformai. À cause des balles qui m'avaient touchée, il y avait des traces de sang sur ma peau pâle.

Aaron se précipita à mes côtés. West et Marco s'étaient aussi retransformés en humain et ils étaient en train de placer Nate à l'arrière d'un de nos vans. La tête du métamorphe ours tomba dans la main de West, et sa peau avait une teinte cireuse. Des gouttes de sang tâchaient le sol sur leur passage.

— Il est vivant, dit Aaron mais je pensais deviner derrière ses paroles un « *pour l'instant* ».

Ma gorge déjà mal en point se resserra. Je me redressai maladroitement avec l'aide du métamorphe aigle. Il posa mes bras sur ses épaules et noua mes jambes autour de sa taille.

Le feu continuait à consumer la forêt, sa chaleur nous surplombant. Un tremblement me traversa le corps.

— C'est moi qui ai déclenché ce feu de forêt.

— On ne peut rien y faire maintenant, dit Aaron. Dès que nous serons sur la route, je contacterai la caserne la plus proche. Ils sauront quoi faire.

Il commença à m'amener vers l'une des voitures mais je secouai la tête.

— Je veux être avec Nate. J'ai *besoin* d'être avec Nate.

Aaron sembla vouloir me contredire puis se ravisa.

—D'accord. Mais quelqu'un doit s'occuper de toi aussi.

Je claudiquai avec lui jusqu'au van. Quelques-uns de

nos semblables entouraient déjà le corps affaibli de Nate, partageant leur sang avec lui et retirant les balles.

—Ren, dit West d'une voix enrouée, mais Aaron le chassa d'un signe de main.

— Nous devrions retourner à nos voitures et partir d'ici, avant que plus de vampires ne débarquent.

— Tu as raison.

West sortit de son hésitation momentanée et dit d'une voix forte au reste du groupe :

— On s'en va tous !

Je montais dans le van à côté de Nate à moitié rampant. Un autre métamorphe canin se précipita pour voir mes blessures. Je fermais les yeux, ne m'occupant pas du soin qu'il m'apportait et pressais mon visage contre l'épaule de mon âme-sœur. L'aperçu que j'avais eu du torse balafré de Nate était beaucoup plus que je n'aurais jamais voulu voir.

La poitrine de Nate se leva et s'abaissait toujours à un rythme régulier même si la respiration était laborieuse. J'avais envie de me rapprocher encore plus, d'entendre les battements de son cœur contre sa poitrine mais j'avais peur d'aggraver des blessures qui ne s'étaient pas encore refermées. Au lieu de ça, je me blottis aussi près de lui que j'osais le faire, espérant de tout mon cœur qu'il guérisse. Qu'il aille bien.

Le moteur du van ronfla mais il fut recouvert par le grondement du feu de forêt. Les flammes dansaient derrière mes paupières closes alors que les roues du van avançaient du sol accidenté à l'autoroute.

Toute cette destruction n'était pas la seule œuvre des vampires. À cet instant où j'avais vu mon âme-sœur tomber, je n'avais plus réfléchi à mes actions. Un animal sans cervelle comme l'avait dit le roi des vampires. Il n'y aurait pas que Nate qui pouvait mourir à cause de la bataille de cette nuit. Et si des innocents périssaient, ces morts seraient sur *ma* conscience.

Alors que nous foncions sur l'autoroute en direction du domaine canin, je n'étais pas sûre de laquelle de ces deux tragédies me faisait le plus mal.

6

Aaron

La lumière de l'aube commençait à peine à traverser les arbres derrière la fenêtre de ma chambre quand je m'extirpai du lit; de toute façon, je ne dormais presque pas. Les yeux vaseux et les nerfs à vif, je me retrouvai à errer en direction du dortoir des soignants.

La pièce contenait plusieurs lits de camps, mais en ce moment seuls deux d'entre eux étaient occupés. Les autres métamorphes qui avaient été blessés dans la bataille de la nuit dernière devaient avoir retrouvé assez de force pour retourner à leurs propres quartiers.

Nate était toujours étendu sur son lit de camp dans la même position que je l'avais laissé quelques heures plus tôt. Les soignants qui avait pris soin de mon camarade alpha le laissaient tranquille pour l'instant. Le sang n'avait pas imbibé les bandes de gaze blanches qu'ils avaient utilisées pour bander ses blessures, donc je pouvais penser qu'il ne saignait. Il respirait toujours. Il ne s'était juste pas réveillé.

Serenity était en boule sur l'un des lits à côté du sien, ses yeux enfin fermés. Même endormie, son visage semblait crispé. Elle avait eu peur de déranger Nate mais elle n'avait pas voulu retourner dans sa chambre la nuit dernière, malgré les tentatives des soignants. Ses blessures s'étaient refermées laissant derrière elles des traces rose vif sur ses jambes. Bientôt elles disparaîtraient aussi, tout comme toutes les autres blessures qu'elle avait eu durant sa première semaine en tant que notre métamorphe dragonne.

Quelle première impression elle avait eu de la communauté des métamorphes. À chaque fois que je pensais le pire derrière nous, le monde avait renchérit la mise contre nous.

Je ne voulais pas la réveiller. Il n'y avait rien que je pouvais faire pour Nate.

Je m'étais au moins assurée qu'il était toujours en vie. Mais je n'arrivais pas à me convaincre de retourner à ma chambre. Tout ce qui m'attendait là-bas, c'étaient encore des heures d'insomnie.

La porte du dortoir des soignants s'ouvrit sur un clic. Marco entra dans la pièce d'un pas traînant, semblant aussi épuisé que moi. Il s'arrêta à mes côtés.

— Aucun changement ?

— Ça n'a pas empiré au moins, dis-je.

— C'est mieux que rien.

Les lèvres du métamorphe jaguar se retroussèrent comme s'il ne pouvait se décider entre un sourire et une grimace et qu'il avait coupé la poire en deux.

— Que diable allons-nous faire sans la force de l'ours ?

— Nous perdrions beaucoup plus si nous le perdions.

— C'est vrai, concéda Marco.

Tout comme moi, l'alpha félin avait dû ressentir que sur bien des aspects, Nate était celui qui unifiait notre quatuor de personnalités opposés, grâce à sa force mais aussi son côté chaleureux qui semblait toujours radier de lui ; sauf si on lui donner une bonne raison de sortir de ses gongs. C'était difficile de se disputer avec Nate dans les parages.

Notre groupe ne s'était même pas encore vraiment soudé, surtout avec West qui hésitait encore à jeter aux orties l'alliance des âmes-sœurs tout simplement. Je pensais que l'alpha canin avait commencé à se faire à l'idée de s'unir à notre dragonne, mais que se passerait-il si Nate mourait ? À quel point serions-nous unis alors ? Le jeune homme qu'il avait pris sous son aile pour devenir le prochain alpha était encore trop jeune. Soit le groupe des métamorphes disparates risquait de tomber dans des batailles internes pour trouver leur nouvel alpha, soit Serenity se retrouverait avec une âme-sœur en moins.

Si nous perdions Nate, les vampires auraient pratiquement gagné la bataille sans même avoir eu à verser du sang de nouveau.

— As-tu vu West ce matin ? demandai-je à Marco.

Il acquiesça.

— Le loup est en train de faire les cent pas dans la salle commune, parlant sèchement à toutes les personnes qui le croisent. Donc il est juste un peu plus énervant que d'habitude.

— Il se sent responsable.

— Nous savions tous que nous devions aller aux pourparlers, même si on savait que c'était un piège.

Il me jeta un regard.

— Est-ce qu'il y a eu des problèmes dans nos domaines ?

Je secouais la tête.

— Il semblerait que les autres vampires observaient et attendaient de voir comment ça aller se passer ici hier soir. Je doute que nous ayons du répit ce soir.

Nous allions sortir du dortoir car nous nous étions d'aucune utilité mais Serenity bougea. Elle passa sa main sur son visage et s'assit sur son lit. Son regard se posa sur Nate un instant, sa bouche se tordit puis elle nous regarda.

— Que se passet-il ?

— Rien, répondis-je rapidement. Il continue de guérir, mais… c'est juste que ça va plus lentement. Au moins, nous nous accrochons à cette idée. Sa situation n'a pas empiré.

Elle se leva et se dirigea vers le lit de Nate et posa sa main sur le bras du métamorphe.

— Mais il ne s'est pas réveillé du tout ?

— C'est assez commun pour nous d'avoir besoin d'un long sommeil réparateur quand nous avons été grièvement blessés, princesse, dit Marco. C'est un mécanisme pour laisser notre corps se remettre et ne pas continuer à mettre nos organes internes sous pression alors qu'ils sont en train de se réparer.

— Je ne sais pas. Pour moi, on dirait un coma. Et parfois, les gens n'en reviennent pas.

— Les métamorphes ne sont pas comme les personnes

normales, dit Marco d'un air malicieux. Et les métamorphes alpha encore moins.

Mais la posture de sa tête était un peu rigide. Nate n'était pas encore sortie d'affaires.

Notre métamorphe dragonne le savait pertinemment aussi. Son expression montrait tellement d'inquiétude que je devais aller à elle. Marco nous jeta un regard et s'éloigna.

— Hé, dis-je en attirant Serenity à moi. Il s'accroche. Le fait qu'il soit toujours avec nous malgré toutes les blessures qu'il a eu hier soir est un très bon signe. Nous avons des siècles d'histoire en nous. Les métamorphes ont la peau dure. Ce n'est pas parce que quelques vampires ont eu des idées ridicules que c'est la fin pour nous.

Mon âme-sœur me fit un sourire pincé. Puis, elle se mit sur la pointe des pieds et m'embrassa. Je me laissai aller au baiser, profitant de la douceur de ses lèvres et de la douce odeur de sa peau. J'aurais voulu lui montrer plus d'assurance que je n'en avais.

Ren

Je finis par quitter Nate quand je réalisai qu'il était midi et que j'avais perdu la moitié de la journée. Je ne voulais pas quitter mon âme-sœur, mais les vampires étaient sans doute en train de préparer un assaut d'une grande ampleur ce soir. S'il y avait quoi que ce soit que je pouvais faire pour aider mes semblables, je devais le faire. Ils comptaient sur moi.

J'arpentais le couloir dans une sorte de confusion, quelques douleurs irradiant dans mes jambes là où les blessures n'étaient pas complètement guéries, et ça me prit un petit moment avant de me rendre compte que l'ambiance avait changé. Il y avait une sorte d'effervescence à travers le domaine. Et plus de semblables que ce dont je me souvenais. Beaucoup plus.

Quand j'arrivai du couloir et entrai dans la salle commune, des visages inconnus remplissaient la pièce ; occupant les chaises et fauteuils ou regroupés autour des tables et entrées. Le bourdonnement des murmures nerveux et la cacophonie d'odeurs des métamorphes m'englobèrent.

Toutes les odeurs n'étaient pas canines. Un groupe de métamorphes aviaires s'était rassemblé dans un coin. Un Leonard hagard mais vivant avait été rejoint par plusieurs métamorphes félins là où il était affalé dans une chaise, de l'autre côté de la pièce.

Alors que je passai devant la porte principale, je vis West qui venait de la cour avant. Il parlait avec Bertrand. J'attendais qu'il libère son lieutenant pour aller à sa rencontre.

— Que se passe-t-il demandai-je en faisant un geste vers la pièce bondée.

Il me fit un sourire pincé.

— Nous évacuons les groupements de métamorphes qui sont proches des vampires. Nous accueillons autant que nous le pouvons dans les domaines. Il y aura beaucoup de gens qui vont devoir partager leurs lits ou dormir à même le sol, mais moins les frontières à défendre sont grandes, plus nous pourrons défendre ceux qui comptent.

C'était logique. Et c'était aussi logique que les métamorphes qui avaient été évacués se rendent au domaine le plus proche, même si ce n'était pas le domaine de leurs groupes de semblables. Je soupirai.

— Est ce que tout est prêt aux alentours du domaine ? Avons-nous besoin de plus de feu ici?

Il hocha la tête.

— Nous sommes prêts depuis hier soir, mais j'ai demandé aux miens d'agrandir la barrière.

Il parcourut mon corps du regard. J'avais enfilé une simple chemise sans trop réfléchir. Le coton fin ne descendait que jusqu'à mes genoux, exposant les cicatrices sur mes jambes. La douleur des blessures de la veille me lança de nouveau.

— Tu devrais être en train de te reposer au lieu d'être ici, dit West. Tu as été gravement blessée hier soir.

— *Nate* a été gravement blessé, dis-je le cœur soudain serré.

Une nouvelle vague d'anxiété me traversa, l'image de son corps inerte et son visage impassible occupant le fond de ma pensée.

— Y a-t-il autre chose que les tiens peuvent faire pour l'aider ? Il avait remis Kylie sur pied après qu'elle avait été si gravement blessée avant, et elle n'est même pas une métamorphe.

La posture de West se rigidifia.

— Mes semblables font tout ce qu'ils peuvent, dit-il sèchement. Il serait mort s'ils ne s'étaient pas démenés. Je prends soin des miens et ça inclut toutes les personnes qui sont sous la protection de mon domaine.

Je le regardai et clignai des yeux, étonnée par son changement soudain de tempérament.

— Je ne voulais pas…

West secouai déjà la tête.

— Ça n'a pas d'importance, Étincelle. Continue de faire ce que tu penses que tu devrais faire.

Il s'en alla avant que je ne puisse dire quoi que ce soit, me laissant avec la sensation d'être étrangement à la dérive. Que venait-il de se passer au juste ? Étions-nous seulement en train de parler de la même chose ?

— L'attente n'est toujours pas parfaite avec le loup ? dit Kylie en passant sa main autour de mon coude alors que venait à ma hauteur.

— Apparemment, non, dis-je. Je ne suis même pas sûre ce qui l'ennuyait cette fois.

— Et bien, aujourd'hui n'est pas vraiment un jour sans histoire, n'est-ce pas ?

Ma meilleure amie posa sa tête contre mon épaule.

— J'ai entendu ce qui était arrivé à Nate. Et aussi de comment s'était passé l'entretien avec les vampires. Il semblerait que j'ai pris une très sage décision de ne pas y être allé. Est-ce qu'il va aller mieux ?

— Personne n'en est sûre pour l'instant, dis-je, avalant difficilement ma salive. Il semble guérir. Mais ce n'est pas comme si quelqu'un m'en avait fait la promesse donc je pense qu'il n'y a pas de garantie.

Et combien de temps ça pouvait prendre pour guérir d'autant de blessures par balles ? L'une d'entre elles avait à peine raté son cœur. Et s'il *n'arrivait pas* à guérir complètement ?

— Il a la peau dure, dit Kylie. Je suis sûre que s'il s'en est sorti jusque-là, ça va aller.

— C'est ce que j'aimerais croire.

Une personne mince avec des cheveux fauve émergea de la foule, Felix. Il transportait un plat avec quelques sandwichs et des légumes en rondelles.

— Métamorphe dragonne, dit-il inclinant la tête. Je voulais vous remercier pour nous avoir protégé hier soir. Ces suceurs de sang ont eu ce qu'ils méritaient. Et je me demandais si vous aviez eu à manger ? Je sais que vous êtes resté avec l'alpha ours depuis notre retour.

Il hésita, l'air soudain incertain.

— Il s'est bien battu pour nous aussi. Je suis désolé de ne pas avoir pu m'occuper du vampire qui lui a tiré dessus en premier.

Je parvins à sourire malgré mon menton tremblant.

— Moi aussi. Merci. Je ne peux pas dire que j'ai faim, mais ce serait probablement mieux si je me nourrissais un peu.

J'acceptai le plat, choisissant un sandwich puis tendant les autres à Kylie. Elle arqua un sourcil en direction de Felix.

— Est-ce que c'est juste pour la métamorphe dragonne ou est -ce que son amie humaine est autorisée à se servir aussi ?

Il fit une grimace, mais ses yeux se baissèrent plus en signe d'embarras que d'énervement.

— J'ai vu l'arsenal que tu as pu nous faire envoyer.

C'est assez impressionnant. Je pense que tu mérites au moins un sandwich.

— Mmh, dit Kylie en souriant. Je me demande ce qu'il faudra que je fasse pour mériter un bon steak. Ou une grande part de gâteau au chocolat.

Felix écarquilla les yeux.

— Je ne pense pas que nous ayons du gâteau en ce moment.

Kylie rigola.

— Je blaguais. C'est bon. Merci pour le sandwich. Et je ne t'en veux pas. J'ai l'habitude d'être sous-estimée.

Felix paraissait confus. Puis il sourit en retour.

— Je ferai en sorte de ne pas refaire cette erreur.

Marco s'était glissé dans le hall d'entrée. Timothy, le lieutenant que les vampires avaient malmené avant de nous le renvoyer avec leur message, marchait prudemment mais d'un pas stable à ses côtés, opinant à quelque chose que lui avait dit son alpha. C'était la première fois que je le voyais debout et en mouvement depuis qu'il était arrivé titubant la veille.

— Je dois retourner à mes devoirs de métamorphe dragonne, dis-je à Kylie et Felix.

Je me précipitais vers le métamorphe jaguar et son camarade.

— Princesse, dit Marco un sourire aux lèvres.

Il planta un baiser sur ma tempe.

— Mon lieutenant me parlait justement de ce que manigançait le petit groupe de renégats.

Je haussai les sourcils. Je me tournai vers Timothy.

— Hier soir, le roi des vampires a mentionné que les renégats l'avaient approché. Les as-tu vu ?

Le Lieutenant inclina la tête.

— J'en ai vu quelques-uns seulement. De ce que j'ai compris, c'est tout ce qu'il restait de leur groupe. Du moins, de ceux qui prévoient encore de nous combattre. Mais ils savent qu'ils n'ont aucune chance contre toi et nos alpha. Il y avait un homme aux cheveux grisonnant… Je n'ai pas pu me rapprocher assez pour capturer son odeur mais il paraissait être un canin. Il semblait diriger ce qui restait du groupe. Et il les a menés directement sous l'emprise des vampires.

Je grimaçai.

— Comment peuvent-ils s'allier aux vampires ? Ne savent-ils pas que le roi déteste tous les métamorphes ?

Timothy haussa les épaules.

— Ils ne se comportaient pas comme des amis. Les suceurs de sang les malmenaient un peu. Mais à mon avis, il leur semblait plus important de finir leur combat que de savoir ce qui leur arriverait.

— Trop d'orgueil et pas assez de jugeote, dit Marco, fronçant son nez. Bref, je suis prêt à parier qu'ils apprendront leur leçon bientôt.

Il donna une tape amicale à l'épaule de son lieutenant.

— Tu as fait du bon boulot Timothy. Pour l'instant, continue de te consacrer à ta guérison.

— Est-ce que tu as vérifié l'état de Nate une nouvelle fois ? demandais-je à mon âme-sœur alors que Timothy s'éloignait.

Marco opina.

— Aucun changement. Y a-t-il quelque chose que je puisse faire pour aider ?

— Je ne sais pas, dis-je.

Je devais moi aussi trouver une façon d'aider aux préparatifs pour faire face à ce que les vampires avaient en réserve pour nous ce soir. Mais en repensant à ma dernière interaction avec West, l'idée de lui demander des idées me paraissait assez intimidante.

Marco avait dû voir un peu de mes sentiments se refléter dans mon expression. Il toucha ma joue.

— Est-ce que quelque chose d'autre ne va pas ?

— Non, c'est juste que…

Je me mordis les lèvres.

— West semblait fâché contre moi. Je ne suis pas sûre d'avoir fait quelque chose de mal hier soir, d'une certaine façon. J'ai perdu le contrôle de mon feu… ou, je veux dire, ce n'est pas comme si c'était inhabituel pour lui d'être grincheux, c'est juste que cette fois, c'était encore plus prononcé que d'habitude.

Marco me fit un sourire taquin.

— Je ne pense pas que ce soit à propos de toi Princesse. Le loup, et bien, disons juste que je suis sûr que les évènements récents ont remué beaucoup de sentiments inconfortables en lui. Et il semble rencontrer des difficultés à gérer ces émotions sans les projeter sur les gens autour de lui.

Je fronçai les sourcils.

— Que veux-tu dire ?

Il était évident que l'attaque des vampires nous avait tous remué, mais Marco semblait parler d'autre chose.

Le métamorphe jaguar haussa les épaules.

— Ce n'est pas à moi de te dire ces choses-là. Il

m'arracherait sûrement la tête, peut-être même de façon littérale. Mais ça ne me dérange pas de t'aiguiller vers la bonne direction. La prochaine fois que tu en as l'occasion, demande-lui de te parler de sa mère.

7

Ren

Le soleil de fin d'après-midi avait déjà plongé sur les cimes des arbres mais ses rayons se reflétaient quand même sur mes cheveux sombres.

— Est-ce que c'est le dernier ? demandai-je, nettoyant de la sueur de mon front.

Les métamorphes canins regardèrent la ligne de tas de bois coupés à la hâte et amoncelés juste à l'entrée du domaine.

— Je pense que nous avons fait ce que nous avons pu, dit Bertrand. Nous serons capables de maintenir ce brasier pendant un long moment. Si éventuellement nous en aurons besoin, vu que nous avons ton feu de dragonne dans notre camp.

Il me fit un sourire respectueux.

Au moins les semblables de West avait compris que je pouvais prendre soin de ma personne;

— Je pense que c'est justement l'heure du dîner, dit Felix, se léchant les lèvres.

La faible odeur de la viande en train de rôtir nous parvenait de depuis la maison jusqu'aux murs extérieurs du domaine. Mon estomac grommela.

Nous contournâmes le cercle de terre défraîchie et passâmes le portail d'entrée du domaine. Bertrand ferma le portail d'un coup sec et le verrouilla. Puis nous nous rendîmes tous à la salle à manger.

Le domaine canin n'était pas aussi huppé que certains des autres domaines, mais la salle à manger n'en était pas moins impressionnante. De larges charpentes en chêne étaient montées en croix le long du plafond de l'immense pièce. De lourds tapis se chevauchaient sous les tables elles aussi en chêne, chacune d'elle assez large pour tenir une vingtaine de personnes. La lumière dansait dans des appliques le long des murs, même si la lumière du jour filtrait à travers les fenêtres depuis le bout de la pièce et rendait inutile d'allumer les lumières.

L'odeur de la rôtisserie devint plus forte quand nous entrâmes à l'intérieur du domaine. Mon regard s'attarda sur la tête de table au niveau de ces fenêtres, sur cet espace qui nous était réservé mes âmes-sœurs et moi. Normalement, Je me serai assise là-bas avec West à mes côtés, pour qu'il puisse me montrer de la même manière que les autres alphas l'avaient fait. Mais puisque le domaine était plein de réfugiés, les tables servaient à peine au service maintenant, tout le monde mangeant debout alors qu'ils circulaient dans la pièce.

J'aperçus Aaron et Marco à l'autre bout de la pièce, mais je ne voyais pas l'alpha canin.

Est-ce que West aurait voulu me montrer à ses semblables ? Nous avions à peine eu l'occasion de vraiment discuter depuis notre arrivée. Et je ne pouvais pas vraiment lui en vouloir. Les vampires nous avaient donné du fil à retordre.

Que pensaient ses semblables du fait que nous n'avions pas encore consommé notre union ? Ils semblaient me traiter comme si j'étais toujours *leur* métamorphe dragonne.

Tout ce que je savais c'est que l'incertitude me rongeait, tel un vent fort qui me submergeait à chaque fois que je pensais à la pièce manquante pour jouer pleinement mon rôle de métamorphe dragonne. À cette pièce qui manquait dans ma *vie*. J'étais destinée à montrer un front uni avec mes quatre alphas, mes quatre âmes-sœurs. Et l'un d'eux continuait à me maintenir à bout de bras. Un autre était en ce moment même allongé sur ce qui pourrait être son lit de mort.

J'étais presque sûre que ce n'était pas le futur que ma mère avait envisagé quand elle avait passé tout ce temps à me maintenir en sécurité. En fait, je suis prête à parier que ce genre de dangers et de problèmes est exactement ce dont elle voulait me préserver.

Au moins mes chances de survivre à ce problème sont beaucoup plus hautes que quand j'avais cinq ans. Tout est bon à prendre.

Bertrand bougea pour se servir un peu de filet de porc sur l'une des tables de service et je m'obligeai à le suivre. Je ne pouvais pas me permettre de me perdre dans mes inquiétudes en ce moment. En ce qui me concernait, tous les métamorphes présents dans cette pièce étaient mes semblables. Ils avaient besoin que je me prépare pour la bataille et non pas que je m'apitoie sur toutes les possibilités pour lesquelles les choses pourraient mal tourner qui me venaient en tête.

Je mangeais, souriais et discutais avec les nombreux semblables canins et les quelques métamorphes aviaires qui vinrent à ma rencontre. Les métamorphes canins étaient aussi émerveillés que ceux que j'avais rencontré auparavant mais ils avaient le regard un peu hanté. Je me retrouvais à les rassurer encore et encore.

— Nous ne laisserons pas les vampires gagner. Je veillerai à ce qu'ils paient pour ce qu'ils ont commis. La seule chose qu'ils ne peuvent pas battre c'est mon feu de dragonne.

Même si je savais que ce n'était pas entièrement vrai. Les vampires pouvaient tirer des coups de feu à travers les flammes. Et je ne pouvais pas promettre que j'aurai assez de feu pour ce qui était prévu, surtout que je n'avais pas pu protéger Nate assez rapidement la veille.

J'avais mangé autant que je pouvais malgré mon estomac noué car j'avais aperçu West près de la porte d'entrée. Il venait d'avaler un bout de pain, hochant la tête à quelque chose que lui disait une des personnes présentes. Puis il sortit. Je ne me laissais pas le temps de réfléchir. Je me précipitais après lui.

Le métamorphe loup était sur le point de disparaître à un angle quand j'arrivai au niveau du hall d'entrée. J'avançai au pas de course juste à temps pour le voir entrer dans une autre pièce juste après la cuisine. Que diable allait-il faire là-bas ?

Quand j'atteignis cette porte, je marquai une pause

avant de l'ouvrir doucement. De l'autre côté, West releva la tête brusquement.

Il se tenait dans ce qui semblait être un magasin. Plusieurs fûts en métal étaient rangés contre un mur. Ils avaient tous une couleurs jaune terne qui brillait dans la lumière tamisée de l'ampoule accrochée au plafond. Une odeur âcre me prit le nez.

— Du kérosène, dit West qui avait remarqué mon regard confus. Nous en conservons un stock au cas où il y aurait un problème avec l'approvisionnement en gaz naturel. Nous sommes dans une zone assez isolée. En hiver… Bref, j'étais en train de penser qu'il nous les faudrait peut-être sous la main, prêts à l'emploi. Au cas où nous aurions besoin de plus d'essence.

— Oh ! Ça pourrait être une bonne idée.

Je fis un pas à l'intérieur, laissant la porte se refermer derrière moi. J'eus la chair de poule quand je pris conscience de la petite taille de la pièce. De la courte distance qui restait entre mon métamorphe loup et moi.

West se massa les tempes et passa ses mains dans ses cheveux, les mèches gris brillant au milieu de ses cheveux auburn clair. Il me regarda, les lèvres pincées, le regard insondable.

— Je suis désolé de la manière dont je t'ai parlé plus tôt, dit-il d'un ton bourru mais pas cinglant. J'ai trop de choses à l'esprit. Trop de choses à gérer. Tu as besoin de quelque chose ?

Ce n'était pas les meilleures excuses au monde mais je pouvais voir la tension en lui si clairement que toute la rancœur que j'avais en moi s'évanouit.

— Non, dis-je avant de reconsidérer mes mots.

Quand aurions-nous une autre chance de nous parler seule à seul ? N'était-ce pas la raison pour laquelle je l'avais suivi ?

Je pris une inspiration.

— En fait, si. Je veux juste… je comprendre. Cette guerre ou peu importe ce que c'est avec les vampires… Elle te pèse plus qu'aux autres alphas.

West émit un rire rauque.

— Nous sommes sur mon territoire. C'est mon domaine. C'est la différence entre être un hôte et être invité, Étincelle.

Je le fixais du regard.

— C'est plus que ça.

Parce qu'il avait était plus tendu, plus inquiet à propos des conséquences possibles de tous les conflits que nous avions affronté, avant que ne sachions que les vampires allaient attaquer. À partir du moment où il m'avait rencontré. Et, punaise, peut-être même avant, pour autant que je sache.

— Marco a dit que je devrais te demander à propos de ta mère.

West marmonna quelque chose dans sa barbe qui semblait contenir plusieurs jurons et le mot « chat ». Il secoua la tête, m'effleurant quand il me dépassa pour se diriger vers la porte.

— Tu ne veux pas entendre cette histoire.

Je l'attrapais par la main, juste au-dessus du coude, avec assez de force pour qu'il s'arrête. Pour lui rappeler qu'il était peut-être l'alpha mais qu'il parlait à une dragonne.

— Si, dis-je. Je le veux.

West me regarda droit dans les yeux pour la première fois depuis que j'étais entrée dans la pièce. Je sentais soudain la chaleur monter en moi, me tenant si près de lui, ma main nue agrippant la courbe solide de son biceps. Mais je soutins son regard. Je n'allais pas reculer, pas cette fois.

— D'accord, dit-il en s'éloignant de la porte et de moi dans un même mouvement.

Et juste comme ça, je pouvais de nouveau respirer.

Le métamorphe loup tourna sa tête comme pour inspecter les fûts.

—- Il n'y a pas grand-chose à raconter. Il y a une grande communauté de fae pas loin d'ici. Quand j'avais quinze ans, nous avons eu un différend. Ils avaient dit aux alphas précédents que nous pouvions nous installer sur une partie de leur territoire qu'ils n'utilisaient plus. Puis ils ont changé d'avis. Certains des jeunes métamorphes parlèrent mal aux fae qui ont ensuite débarqué pour nous dire de partir. J'ai essayé de ramener la paix, mais cela ne faisait que quatre ans que j'étais alpha.

— Et tu n'avais que quinze ans, dis-je.

Mon cœur se brisait déjà car je savais où ce récit nous menait.

— J'étais assez grand pour savoir quelles étaient mes responsabilités, dit West. Ils nous pensaient faibles, ils avaient une excuse pour nous expulser et se saisir d'une partie de notre domaine pour le rajouter au leur par la même occasion. Ils attaquèrent le village aux abords de leurs terres. Nous sommes tous partis au combat, tous ceux qui en étaient capables.

Il hésita. Quand il s'exprima de nouveau, sa voix était rigide mais égale.

— Les fae nous ont envahi de toutes parts, J'étais l'alpha. C'était moi qui donnait les ordres. Mes parents s'étaient joints au combat aussi. Ma mère était pratiquement à mes côtés. Un des fae sortit de nulle part et l'attaqua, la neutralisa d'un coup avec sa magie.

— J'aurais pu intervenir. J'aurai pu lui sauver la vie. Mais au même moment un gros groupe de fae nous chargea depuis la ligne de front, là où se passait la majorité des combats, et mes semblables ont commencé à fléchir…

Il s'arrêta. Le silence pesa entre nous pendant un long moment.

— Je me suis précipité au front, dit-il. Aussi vite que j'ai pu. J'ai appelé tout le monde à moi. J'ai descendu trois de ces bâtards seuls. Si je ne l'avais pas fait, ça aurait été un massacre. Nous aurions perdu au moins une douzaine de vies en plus. Nous aurions pu perdre le village tout entier.

Une boule s'était formée dans ma gorge.

— Mais ta mère est morte.

— Oui, dit-il sèchement. C'est ça la loyauté, Étincelle. J'ai juré de servir mes semblables autant qu'ils me servent. J'aurai pu agir égoïstement et mettre la protection de la personne que j'aimais avant le bien-être de la meute, mais alors j'aurai été un alpha pathétique. Je dois toujours faire d'eux ma priorité. À chaque fois qu'ils me montrent leurs gorges, ils me disent qu'ils savent que je ne prends pas *leur* loyauté à la légère. Je ne les laisserai pas tomber.

— Et tout le monde est au courant du choix que tu as fait.

Marco savait alors que les métamorphes canins et les félins n'étaient pas copains-copains.

West haussa les épaules avec rigidité.

— Ça a fait du bruit à l'époque. Notamment parce que mon père n'était pas d'accord avec ma décision. Il a vu ce qui était arrivé, mais il était trop loin pour aider ma mère. Il ne m'a plus adressé la parole depuis cette bataille.

Je le fixai du regard. Quand West avait quinze ans, son père l'a tenu pour responsable de cette décision, un décision qui avait sauvé tant de vies…pendant douze *ans*.

— Tu n'étais pratiquement qu'un gamin.

— J'étais l'alpha, dit West, son regard retournant vers moi comme s'il me mettait au défi de le blâmer, moi aussi.

Mais je ne le fis pas. Je ne lui en aurais pas voulu s'il avait sauvé sa mère à ce moment-là, mais il avait fait un sacrifice à la place. Celui de sacrifier une vie pour en sauver plusieurs, de protéger un village, de faire basculer la balance en leur faveur durant la bataille. Je ne pouvais imaginer ce que ça lui avait coûté. SI ça avait été ma maman…

C'est alors que la réalité me frappa, comme une gifle en plein visage. Ça me prit quelques secondes pour ne serait-ce que trouver mes mots.

—Tu as dû détester ma mère, dis-je. Pour ce qu'elle a fait. Pour vous avoir tous laissé tomber, pendant tout ce temps ? Juste pour me protéger ?

Si je me basais sur ses critères à lui, ma mère devait être vraiment faible.

Je ne m'attendais pas à voir l'expression de West s'adoucir.

— Ren…, dit-il. C'est vrai que je l'ai détesté. Pendant

longtemps. Mais je ne sais pas ce que ça fait d'être à sa place. Avoir toutes ces responsabilités additionnelles qui viennent avec le fait d'être la métamorphe dragonne. Peut-être que le fait de s'enfuir et de te sauver était la meilleure chose qu'elle pouvait faire pour nous. Ça aurait certainement pu être beaucoup pire.

Nous aurions pu tous mourir, et la lignée de la métamorphe dragonne aurait pu disparaître à jamais. Était-il en train de dire qu'il était sûr maintenant que ses semblables étaient mieux avec moi plutôt que lorsque chaque groupe se défendait par ses propres moyens ?

— Bref, continua-t-il. En tant que mon égal alpha, je pense que je peux aussi considérer Nate comme un de mes proches aussi. Si j'avais réussi à l'atteindre un peu plus vite la nuit dernière, avant que le vampire n'appuie sur la gâchette…

Il laissa échapper une expiration saccadée.

— Je porte *cette* responsabilité. Tous les alphas doivent rester forts. Unis. Je n'aimerai pas savoir ce que les suceurs de sang feraient de nous si nous n'étions pas ensembles.

Et qu'en serait-il une fois qu'on se sera occupé des vampires ? Nous voyait-il encore unis ?

Mon pouls s'accéléra, cognant contre ma poitrine.

— West, dis-je… Si tu

Un cri d'alarme sans mots retenti dans le hall d'entrée. Nous nous retournâmes tous les deux brusquement vers la porte.

— Il sont là, cria quelqu'un. Les vampires sont à l'extérieur des murs.

8

Ren

— Éloignez-vous des portes, cria West alors que nous nous élancions vers la porte passant au travers du groupe en pleine agitation. Si l'on vous a assigné une tâche, rejoignez-moi à l'extérieur. Tous ceux qui n'ont pas de mission, restez à l'intérieur. Vous êtes plus en sécurité derrière les murs. C'est un ordre !

Je pouvais sentir la peur dans l'air, tel un courant acre. Des murmures malaisés nous entouraient. Mon cœur battait la chamade. Le fait d'évacuer tous ces métamorphes dans le domaine signifiait qu'on aurait moins de lieux à défendre, mais ça signifiait aussi que tout dépendait beaucoup plus de notre capacité à protéger ces murs. Nous ne pouvions laisser passer en serait-ce qu'un vampire.

Je déboulai de la porte avec un groupe des gardes de West et d'autres métamorphes qui rejoignaient la bataille. Sandra, la métamorphe louve qu'il avait envoyée en éclaireur cette après-midi, arrive à notre hauteur. Elle avait le visage rouge et le souffle court.

— Je me suis dépêchée de revenir dès que j'ai vu les camions. Je n'ai pas pu avoir plus que quelques minutes d'avance sur eux. Ils seront là sous…

Le grondement des moteurs se fit entendre de l'autre côté des murs. Et voilà, ils étaient arrivés. West balança son bras alors qu'il s'adressait à nous.

— À vos positions. Tenez-vous tous prêts. Nous allons nous en occuper comme nous l'avons planifié.

Je connaissais mon rôle dans ce scénario. Je voulais dire quelque chose à West, lui montrer à quel point j'avais apprécié qu'il se soit ouvert à moi, mais nos ennemis étaient à nos portes. Je n'avais pas une seconde à perdre.

Et après l'histoire qu'il m'avait juste raconté, je savais qu'il ne l'aurait pas souhaité de toute façon.

Je me débarrassais de ma robe alors que je descendais les marches à l'entrée précipitamment, puis m'élançai dans les airs. Mes ailes se dégagèrent d'un coup de mon corps, s'ouvrant alors que le reste de mon corps se transformait aussi. La transformation n'était pas aisée cette fois-ci. Mes muscles crièrent et mes nerfs se tendirent. Mais j'étais dans le ciel, recouverte d'écailles et plongeant avant même que le premier vampire ne soit sorti du camion.

Des portières de camions claquèrent. Des bruits de pas firent craquer la broussaille. Des fusils furent armés, prêts à l'emploi. Est-ce que le roi en personne était ici ?

Après la façon dont il s'était enfui de la bataille hier, j'en doutais. Nous avions West en ligne de front, dirigeant nos troupes alors que le leader de nos ennemis n'avait même daigné venir et voir le résultat de ses ordres.

Je serrai les dents, mes crocs de dragonnes grinçant les uns contre les autres. Si jamais je revoyais le roi des vampires, je ne lui laisserai pas même une chance de négocier pour sa vie. Il deviendrait un tas de cendre avant même d'avoir pu cligner des yeux.

Les suceurs de sang avançaient dans la forêt tout au long du cercle que nous avions débroussaillé. Leurs formes pâles se fondaient ou pas à l'obscurité. Ils se dispersaient, encerclant le domaine, comme nous nous y attendions. Ils ne s'aventuraient pas trop près de la zone dégagée avec ses tas de bois à brûler. Je supposais que le but de cette manœuvre de défense était assez évident.

Mais nous ne voulions pas y mettre le feu avant d'en avoir besoin. Il faudrait que le feu tienne toute la nuit, jusqu'à ce que le soleil chasse les vampires restants.

Les troupes de West de dispersèrent aussi, prenant leurs positions le long du mur. Ils se tenaient prêt à bondir et à mettre le feu si besoin était, ou pour se débarrasser des vampires qui essaieraient d'escalader le mur. Alors que je plongeai par-dessus l'entrée, Kylie sortit d'un des points d'approvisionnement avec un lance-flamme qu'elle avait fait faire par un de ses contacts. Felix tourna la tête pour bien la regarder quand elle passa devant lui. Oh non, il ne la sous-estimait pas du tout là maintenant.

Mais je ne voulais pas qu'aucun de mes compagnons ne quitte la protection qu'offrait ces murs. Si je pouvais réduire tous les vampires en cendre avant qu'ils ne passent l'enceinte du domaine, et avant que ma transformation ne soit plus tenable, il n'y aurait aucun semblable qui rejoindrait Nate dans le dortoir des soignants ce soir.

Des coups de feu retentirent à l'autre bout du

domaine. Je me retournai pour voir d'où venait le bruit et les vampires qui se trouvaient près du portail avancèrent. Oh non, ils n'allaient pas s'en sortir comme ça. Je virai abruptement du côté gauche, rassemblant une bouffée de flammes dans ma gorge.

Mon souffle recouvrit trois des suceurs de sang. Des coups de feu se firent entendre depuis plus profond dans la forêt. Des balles traversèrent le rebord de mes ailes avec une douleur intense.

Je remontai plus haut, hors de portée des balles puis replongeai. Un des non-vivants, puis un autre, et encore un autre étaient visibles par-ci par-là à travers les arbres. J'attrapai deux d'entre-eux avant qu'ils n'aient eu le temps de pointer leurs armes dans les airs. Le troisième tira.

Je réussi à me décaler sur le côté juste à temps pour éviter le pire de l'assaut des balles. Une nouvelle douleur irradia à travers mon aile droite.

En dessous ; plus bas le long du mur, un groupe de vampires tentait de passer le mur. Ils sautèrent au-dessus du mur, s'élançant plus haut que n'importe quel être humain aurait pu le faire, soulevant leurs armes avec eux pour pouvoir se faire quelques ennemis.

Je piquais vers eux, retenant le feu qui me brûlait la gorge. Le garde métamorphe qui était sur la plateforme à l'intérieur du mur écrasa la tête de l'un des intrus contre les blocs de pierre. Kylie se précipita de le rejoindre et descendit un autre vampire avec un jet de son lance-flammes. Ils se baissèrent tous les deux alors que des coups de feu retentissaient depuis l'orée de la forêt.

Puis j'étais sur les vamps. Je relâchai une longue bouffée de feu sur le reste du groupe qui grimpait le long du mur et me retournai pour faire cramer ceux qui se cachaient dans la forêt.

Je ne saurai dire combien j'en avais eu parmi les troncs noircis des arbres. Ils se tenaient trop loin de nous mais juste assez près pour avoir une ligne de mire claire. La forêt était trop dense pour que je puisse les attraper facilement, sans y mettre le feu.

Plus de coups de feu retentirent depuis l'autre côté du domaine. Je me retournai, battant des ailes plus vigoureusement. Même ici, je ne pouvais être partout à la fois. Mais je devais descendre plus de ces suceurs de sang avant de me retirer et de laisser le cercle de protection prendre le relais. Il y en avait encore trop en action. Si notre cercle de feu mourait avant l'aube, même si ce n'était que quelques vampires qui réussissaient à pénétrer dans l'enceinte du domaine, cette bataille deviendrait un bain de sang.

Je fis pleuvoir du feu sur un autre groupe de vampires qui s'était rapproché du mur en courant. Deux des métamorphes luttaient contre un des vampires qui avait réussi à grimper. Je plongeai vers lui. Il eut l'occasion de tirer quelques coups de feu avant que les gardes ne lui extirpent son arme des mains. Du sang maculait l'épaule d'un des gardes. Il tailla la gorge du vampire.

Alors que le corps du non-vivant tombait comme une masse, les gardes se relevèrent, me regardant. Oh, je pouvais finir le travail comme il fallait. Je soufflai une lance de flamme sur le vampire, mes lèvres se retroussant en un sourire de dragonne alors il explosait en un tas de cendres.

Mon sourire ne dura pas longtemps. Je me redirigeai

vers la forêt et une cacophonie de coups de feu emplit l'air. Tous étaient dirigés vers moi. Les vampires savaient qui était leur plus grand ennemi. Je crachai des flammes à l'orée de la forêt, mais pas assez rapidement. La rafale de balles avait été dirigée contre mes ailes, là où les écailles étaient plus molles et la chair plus fine.

Je battis des ailes, m'élevant plus haut dans le ciel. L'air passa à travers mes blessures, déclenchant une douleur à chaque mouvement. Plus de coups de feu se firent entendre depuis en bas. Plus de balles traversèrent la chair tendre. Je fis pleuvoir plus de feu, mais les armes continuaient de siffler. Chaque balle mordit ma chair avec une douleur lancinante. Mes pensées commencèrent à s'embrouiller.

Je devais continuer. Je devais tous les arrêter. Mais il y en avait trop et mes ailes pouvaient à peine me maintenir en l'air maintenant. Chaque caresse de l'air contre elles était une agonie.

Ma concentration diminua à travers le voile de douleur. Je ne pouvais pas tomber de l'autre côté du mur. Mes semblables allaient essayer de me sauver et les vampires les massacreraient. Mais je pouvais offrir à mes métamorphes un dernier geste de protection. Si je mettais le feu à notre cercle de protection, aucun d'entre eux n'allait devoir s'aventurer au-delà du mur pour le faire.

Mes ailes vacillèrent. Une autre salve de balles me toucha, certaines formant des trous dans mes ailes, d'autres ricochant contre mes écailles les plus dures, quelques-unes s'incrustant sur mon flanc. Je crachai une dernière bouffée de flammes en direction du cercle de bois coupés.

Les bûches et les branches crépitèrent. Les flammes

s'élevèrent le long du cercle dans une danse faite d'ondulations. Avec un sourire soulagé, je dirigeai mon corps qui coulait vers le mur.

Mes genoux effleurèrent la pierre, mais je basculais du côté du domaine. Des voix criaient et des bruits de pas se dirigèrent vers moi avant même que je ne touche le sol, sous ma forme humaine de nouveau.

L'impact créa une nouvelle vague d'agonie à travers mes épaules et le bas de mon dos. Je criai, me recroquevillant contre l'herbe maintenant imbibée de mon sang. Puis la douleur oblitéra complétement mes pensées et le monde devint noir.

Mon corps retrouva ses sensations graduellement. Tout d'abord, c'était la douleur sourde qui parcourait mon dos et mes flancs, là où mes ailes de dragonne s'étaient retransformées quand j'ai repris forme humaine. Et il y avait cette douleur plus intense qui irradiait dans mes côtes quand j'essayai de me retourner. Un doux tissu me recouvrait. Une douce odeur de parfum frais bataillait contre celle du sang, les deux embaumant l'air et mes remplissant mes narines.

Je parvins à ciller des yeux.

— Ren, dit Kylie.

Elle se tenait au-dessus de moi, au bord du lit, les poings fermés là où se trouvaient ses mains sur le matelas. Les petites mèches rose de sa coupe à la garçonne tombaient et des poches noires étaient apparues sous ses yeux mais elle me fit le plus magnifique des sourires.

— Comment te sens-tu ? Dois-je appeler les soignants ?

C'est vrai. J'étais de retour dans le dortoir des soignants, encore une fois. Tout en maintenant mon corps immobile, je regardais autour de moi. Une pâle lueur entrait par la fenêtre. C'est une bonne chose. Ça voulait dire que nous avions passé la nuit sans perdre le domaine. Plus de formes étaient affalés sur les lits disposés dans la pièce, recouverts de draps, mais le bruit de respirations régulières de personnes endormies me parvenait. Ils étaient encore en vie.

Du moins, ceux qui étaient ici.

— J'ai mal partout mais ça va aller, dis-je, croisant de nouveau le regard de Kylie. Je ne pense pas avoir besoin d'aide. Que s'est-il passé la nuit dernière ? Est-ce que tout le monde va bien ?

— Nous avons tenu tête aux vampires, dit-elle. Quelques-uns des métamorphes ont été blessés, mais nous avons tous survécu.

Ça aurait dû être une superbe nouvelle, mais son sourire vacilla. Je m'assis, grimaçant à cause de l'effort. Mon dos me faisait mal, mais je devais savoir.

— Que se passe-t-il ? Quelque chose te tracasse.

— Tu es trop douée pour détecter ce genre de choses, dit ma meilleure amie en pointant son doigt vers moi. Et tu devrais vraiment rester allongée jusqu'à ce que quelqu'un t'ausculte de nouveau je pense.

Comme je ne bougeai pas, Kylie lâcha une expiration.

— Je ne sais pas ce qui cloche. Mais les vamps se sont retirées après que le feu a brûlé pendant quelques heures. Ils sont partis et ne sont pas revenus, mais ils n'ont pas non plus envoyé de message de capitulation ou quelque chose du genre. Tes hommes pensent qu'ils sont en train de concocter un nouveau plan maintenant qu'ils ont découvert notre stratégie.

Bien sûr que c'était le cas. Je réprimai un grognement.

— Super, Bon, je pense qu'on peut se réjouir d'avoir toute la journée pour nous préparer à ce qu'ils mijotent.

— Et pour que tu récupères, dit Kylie me donnant un coup d'épaule amical. Tu as été sacrément amochée, Ren. Ce n'est pas parce que tu es une dragonne que tu es immortelle tu sais.

—Crois-moi que je n'en ai jamais été aussi consciente que maintenant.

J'étirai un bras puis l'autre, me préparant à ressentir la douleur qui irradiait dans mes muscles.

— Je devrais aller prévenir les mecs. Ils voudront savoir que tu es réveillée. Ils ont passé pas mal de temps ici l'air très inquiets, tu sais, puis ils ont dû aller s'occuper de je ne sais quels problèmes d'alphas qui requéraient leur attention. Même si tu ne m'écoutes pas, peut-être que tu les écouteras quand ils te diront de te reposer.

Elle fronça son nez dans ma direction et je souris. Puis, une voix sourde se fit entendre depuis le lit derrière moi.

— Tu n'as pas besoin d'aller si loin pour me dire qu'elle est tirée d'affaires.

— Nate !

Je me tournais dans mon lit si vite que la douleur sembla me couper en deux. Mais le fait de voir ces chaleureux yeux bruns qui me regardaient en retour en valait la peine de souffrir un peu plus. Je quittais mon lit et grimpais dans le sien, ralentissant quand je me mis à ses côtés. Si mon corps me faisait si mal que ça après l'attaque de la veille, je ne pouvais imaginer comment il se sentait après la rossée qu'il avait reçu.

Mon âme-sœur entoura ma taille de ses bras musclés et me rapprocha encore plus de lui. Je me blottis contre lui, inspirant son odeur à la fois musquée et poivrée. Mon cœur débordait de joie.

— Je m'inquiétais tellement pour toi. Tu as dormi une *journée* entière, tu sais.

Nate laissa échapper un rire rauque.

— On dirait bien que je devrais m'inquiéter pour toi aussi. Tu t'es encore jetée en plein milieu de la bataille, comme d'habitude ?

— Il faut bien que quelqu'un ramène l'artillerie lourde, dis-je. Enfin, après la bataille à la station-service, je ne pense pas que tu puisses me jeter la pierre.

— Mmh, je n'ai définitivement pas envie de renouveler cette expérience.

Kylie fit un son amusé.

— Bien, je suppose que le lit dans lequel tu te trouves importe peu du moment que tu te reposes. Ne fricotez pas trop, c'est tout ce que je dis. Je vais voir si je peux trouver les autres.

— Merci, lui dis-je alors qu'elle partait.

Je penchais ma tête en arrière pour embrasser Nate et encerclai son dos avec mon bras. Les traces de ses blessures, bien qu'à peine visibles me firent marquer une pause.

— Je ne te fais pas mal, n'est-ce pas?

— Ren, murmura Nate, Il n'y a aucun autre endroit

où je souhaiterais que tu sois si ce n'est ici. Alors je t'interdit de bouger d'un poil.

Il dépose un baiser sur mon front et ajusta son corps pour que nous puissions être encore plus imbriqués. Je me blottis dans ses bras laissant mes paupières se refermer. Nous méritions tous les deux un peu de répit avant d'avoir à faire face à ce que les vampires allaient encore nous servir, n'est-ce pas?

9

West

Devant le miroir, j'étudiais ma cicatrice alors que je préparai un bandage propre. Ce matin, les pulsations de la vieille blessure montrait ramifications rouge vif mais la majorité de la blessure brillait d'un jaune terne. Un jaune maladif qui ressemblait à l'anxiété qui me nouait la poitrine.

Je regardais la tâche de couleur avec dédain avant de la bander. Maudits fae. On pouvait leur faire confiance pour ce qui était d'infliger des blessures qui te hanteraient une décennie plus tard.

C'est vrai, en ce moment, je me sentais encore plus remonté contre les vampires. Mes sourcils froncèrent un peu plus alors que je mettais un t-shirt propre pour remplacer celui que je portais depuis la hier, trop occupé pour l'enlever. Je faisais courir mes semblables dans tous les sens, préparant tout ce qu'ils pouvaient en vue de ce qui allait nous tomber dessus ce soir… mais qui diable savait ce qui allait se passer ? Les suceurs de sang ne seraient clairement pas satisfaits tant qu'ils ne nous auraient pas tous exterminés.

Comme ils avaient presque réussi à abattre Ren hier soir ;

Mon pouls s'accéléra à la mémoire de sa chute, le corps criblé de balles. Je serrai la mâchoire et me dirigeai vers la porte.

Juste au moment où la femme en question la passait pour entrer dans ma chambre.

Les yeux de ma métamorphe dragonne brillaient d'excitation, le visage barré d'un large sourire. Mais je pouvais dire qu'elle avait toujours mal à cause de sa légère hésitation alors qu'elle refermait la porte derrière elle. Elle devait avoir mal. La dernière fois que je l'avais vu, elle n'était qu'un corps inconscient sur le lit de la pièce des soins alors que sa peau se refermait.

— Nate est réveillé ! dit-elle. Il va bien. Encore un peu faible à cause de toutes ses blessures mais il va bien.

Son odeur me parvint alors, cette fière odeur de douceur mélangée avec celle musquée du métamorphe ours. Parce que c'était bien évident qu'ils se sauteraient dessus à la seconde où il ouvrirait les yeux.

Un pincement de jalousie que je savais pourtant ridicule me parcourut.

Elle *aurait* dû aller tout droit vers lui. Il est une de ses âmes-sœurs et il avait failli mourir. J'étouffais ce sentiment et le balayai sur le côté, en compagnie de la demi-douzaine d'autres émotions que j'essayai de ne pas ressentir.

— Et toi, tu devrais aussi être dans le dortoir des

soignants, tu n'aurais pas dû venir en courant pour m'en informer, dis-je. Tu n'es pas entièrement guérie non plus.

— Je suis venue *en marchant*, dit Ren. Et j'ai pensé que tu voudrais savoir après tout ce que tu m'as confié hier. Kylie a trouvé Marco et Aaron mais j'ai pensé que tu étais en train de te terrer quelque part.

— Je viens juste de revenir de mes préparatifs additionnels plus bas sur l'autoroute, dis-je sèchement. J'aurais appris la nouvelle bien vite. Tu devrais être plus concernée par ta personne.

Est-ce qu'elle venait de marquer une grimace alors qu'elle posait sa main sur sa hanche ? Pour l'amour de Dieu, elle ne devrait pas être en train de marcher, ou debout, ou quoi que ce soit qui ne soit pas être allongée dans un lit, en ce moment.

— Je vais bien, dit-elle de son habituel ton borné. C'était dur mais on s'en est tous sortis. Tu n'as pas à me traiter comme si j'étais une demi-portion.

Ne réalisait-elle pas à quelle point elle était à l'article de la mort ? Je perdis le contrôle de mon tempérament.

— Je n'aurais pas à le faire si tu apprenais finalement que tu ne peux pas tout faire. Tu as été pratiquement abattue hier mais c'est pas grave que nous avions besoin du feu du plan B, n'est-ce pas ?

Ren se recroquevilla visiblement. Non pas à cause de ses blessures mais à cause de ma réponse.

En un instant, je vis comment son visage s'était renfermé, la joyeuse intensité de ses yeux s'en était allé de son regard. Elle était venue ici pleine d'une joie qu'elle avait tous les droits de ressentir et j'avais réussi à la lui enlever en moins d'une minute. Mon cœur se serra.

— Je ne sais pas…, la voix de Ren se brisa.

Elle fit un large signe de son bras, ses yeux papillonnèrent comme si elle essayait de retenir des larmes.

— Je ne sais pas ce que je fais mal. Mais si après tout ce temps, tu ne penses pas que je ne suis pas assez pour toi, pourquoi ne pas simplement nous dire de partir comme ça tu peux faire ce que tu penses faire sans la métamorphe dragonne ?

Ses mots me déchirèrent le cœur. Pensait-elle vraiment que…

Elle s'était déjà retournée, les épaules tendues, s'épongeant les yeux. Je ne pouvais pas la laisser dans cet état. Au diable mes plans, au diable mes principes, au diable les bonnes intentions. Si c'était là que ça me menait, ils n'en valaient certainement pas la peine.

— Ren.

Je l'attrapais par le coude alors qu'elle se dirigeait vers la porte. Elle se retourna, l'air circonspect.

Soudain, je ne sus plus quoi faire. J'avais mené des centaines de mes semblables depuis que j'étais un enfant. Pourquoi parler à cette femme était si difficile ? Elle m'était destinée.

Et je lui étais destiné.

Je posais ma main contre le mur à côté d'elle, me penchant juste assez pour sentir la chaleur qui émanait d'elle. Pas trop près afin qu'elle puisse sortir de mon emprise et s'en aller si c'était ce qu'elle le voulait.

Mais elle resta là, me regardant en retour. J'avalais ma salive.

— Je suis désolé, dis-je, m'obligeant à la regarder.

Le fait de la voir souffrir m'atteignait aussi, et bien, c'était ma faute.

— Tu es plus qu'assez. Tu es si spectaculaire, Ren. Je suis désolée si jamais je t'ai fait sentir le contraire. Je ne sais pas si *je* serai un jour digne de toi. Mais je vais essayer. Ça je te le promets.

— West…

Son expression était confuse.

— … Mais tu, je pensais que…Tu réagis toujours comme si tu n'étais pas sûr de ton choix.

— Ce n'est pas ce que je voulais faire croire. C'est juste que ce n'était pas le bon moment…

Je ne savais même pas comment l'expliquer.

— Je suis sûr. J'ai toujours été sûr de mon choix.

Elle cligna des yeux.

— Depuis quand ?

Ça, au moins, je pouvais lui dire. Je pouvais dire exactement à quel moment mon cœur s'était ouvert et que j'avais réalisé quel idiot je faisais. Je pouvais toujours la voir en cet instant précis de mon souvenir, nue, couverte de sang à l'orée de la clairière, son regard empli de chagrin.

— Quand nous avons tendu une embuscade aux renégats avec les métamorphes disparates. La façon dont tu avais essayé de sauver le garde de Nate. À quel point tu étais énervée de ne pas avoir réussi. Si tu pouvais accorder autant d'importance à ce métamorphe rat musqué qui avait pensé nous trahir… Je ne peux rien demander de mieux pour tous nos semblables qu'une telle compassion.

— C'était… Il y a des jours ça, West. Pourquoi diable n'as-tu rien dit ?

J'ouvris la bouche et la refermais, essayant de trouver mes mots. Mon raisonnement avait beaucoup plus de sens quand il était dans ma tête.

— Il y avait tellement de choses à gérer, dis-je. Les renégats, le défi que Marco devait relever, et maintenant les suceurs de sang qui causent des ravages. Je sais qu'il y a beaucoup de choses que je dois me faire pardonner, pour la façon dont je t'ai traitée. Je ne voulais pas te mettre la pression pour que tu me pardonnes alors que tu étais en train de t'occuper de toutes ces autres choses. Quand les choses se seront calmées un peu, quand tu auras le temps de te poser et de respirer un peu… tu peux prendre tout le temps qu'il te faut pour décider si tu veux de moi. Je peux te prouver que je serai un bon choix d'âme-sœur. Je…

— Oh, West, m'interrompit Ren, si tendrement que mon pouls manqua un battement.

Elle posa sa main contre mon torse.

— Tu n'as rien à prouver, je sais déjà qui tu es. Je te veux. Maintenant si tu es d'accord.

Maintenant. Ça semblait une très, très bonne idée. Je la regardais fixement et tout ce que je pouvais lire dans son regard était le même désir qui me consumait.

Elle voulait de moi. Elle *me* voulait, encore maintenant, en dépit de tout.

Le barrage en moi craqua, laissant passer un flot de désir plus puissant que ce que je pensais retenir au fond de moi. Je franchis la courte distance entre nous et capturait sa bouche avec la mienne.

Ma métamorphe dragonne m'embrassa tout aussi passionnément en retour. Ses doigts agrippèrent mon t-shirt, m'attirant à elle, alors que son autre main alla caresser mes cheveux. Je la plaquai contre le mur, avec juste assez de contrôle sur moi-même pour faire attention à ses blessures. Elle avait le goût et me faisait penser au paradis. Pourquoi m'étais-je refusé ce bonheur durant tout ce temps ?

Ça n'avait pas d'importance. Elle était à moi maintenant. C'est moi qui la faisait s'arquer contre moi alors que j'agrippais ses hanches, c'est moi qui la faisait gémir d'une caresse de sa langue avec la mienne. L'élan de possessivité que j'avais essayé d'enterrer tout à l'heure revint et je n'eus pas assez de volonté pour le freiner.

Je tirais ses hanches fermement contre les miennes, renversant sa tête afin de pouvoir réclamer sa bouche avec beaucoup plus de passion. Ses mains se croisèrent à la base de mon cou. Elle soupira alors que je laissai sa bouche pour passer ma langue et mes dents le long de sa mâchoire, lui tirant un ronronnement plein d'enthousiasme.

— À moi, marmonnai-je. À moi.

Je n'y avais jamais vraiment cru avant cet instant. Je n'étais même pas sûr d'y croire maintenant encore.

— À toi, acquiesça Ren avec un soupir de bonheur. Et tu es mien.

Quelque chose dans ces trois simples mots me noua la gorge. Je reculais juste assez pour croiser son regard.

— C'est vrai. Je t'ai appartenu dès l'instant où je t'ai vu pour la première fois, même si je faisais ma tête de mule et que je ne voulais pas le voir.

— Tête de loup, murmura-t-elle avec un petit rire malgré son souffle coupé et je me perdis encore en elle.

Je retombais dans la chaleur de sa bouche, le mouvement de son corps contre le mien, elle, qui mettait mon corps entier en feu d'une façon dont je voulais absolument être consumée. Mes mains montèrent pour prendre ses seins en coupe. J'en caressais les bouts qui étaient devenus dur sous le fin coton de sa robe, marquant mon territoire le long de sa mâchoire de l'autre côté en la frôlant avec mes dents quand elle leva le menton.

En cet instant, je ne saisissais pas la signification de son geste. Puis, elle leva sa tête plus haut, pas seulement pour me donner accès mais elle offrait sans honte le totalité de son cou pale.

J'en eus la respiration coupée. Pendant un instant, tout ce que je réussis à faire était de regarder la peau délicate qu'elle m'offrait si aisément. C'était le signe le plus important qu'un membre de mon groupe de semblables pouvait offrir à un autre. Un acte de soumission totale qui me donnait tous les droits sur sa vie.

Comment avais-je mérité un si grand honneur ?

Je ferais mieux d'en *être* digne. Je penchais ma tête, déposant le baiser le plus doux que je pouvais faire au centre du cou de mon âme-sœur. Je n'arrivais pas à me résoudre à faire plus que ça.

— Oh, Étincelle le, dis-je la voix enrouée. Tu ne devrais jamais avoir à te soumettre à moi.

Ren baissa sa tête et croisa mon regard. Elle fit un sourire taquin.

— Je me suis dit que nous pouvions le faire à tour de rôle. Tu sais, pour qu'on soit sur un même pied d'égalité.

Un sourire rauque s'échappa de mes lèvres, et je ne pus faire autrement que de l'embrasser. Avec goulument, avec désir, avec toute la passion que j'avais passé les dernières semaines à nier.

Ren

Mes lèvres dansèrent contre celles de West et je me réjouis de la chaleur qui irradiait de lui. Mes nerfs vibraient déjà du plaisir de l'avoir ici, comme ça, se donnant à moi et me prenant sans contraintes. Mais de qui je me moquais ? Je voulais plus, tellement plus. Je voulais tout.

Mes mains descendirent le long de sa poitrine pour atteindre le bas de son t-shirt. Je le remontais. Avec un grognement empli de désir, West interrompit le baiser pour enlever le t-shirt, recapturant ma bouche un instant plus tard. Ses doigts jouèrent le long de mon corps jusqu'à ce qu'il trouve la fermeture éclair sous mon bras. Un coup sec et le tissu délicat de ma robe glissa à mes pieds.

Je n'avais pas pris la peine de porter un soutien-gorge lorsque j'étais partie précipitamment du dortoir des soignants. Mes tétons pointèrent quand ils caressèrent le torse nu de mon âme-sœur. Je laissai échapper un gémissement, l'embrassant plus goulument mais une sensation d'inconfort vint se planter dans le voile de plaisir. Je *n'étais pas* complètement guérie, et mes muscles commençaient à protester du fait que j'étais restée debout aussi longtemps.

De toute façon, je n'avais pas l'intention de rester debout bien longtemps. Je poussai West en arrière, vers le lit, en faisant attention au bandage qui recouvrait sa cicatrice. Il jeta un coup d'œil en arrière et ses lèvres se retroussèrent en un sourire satisfait. Avec son regard vert émeraude plein de malice, il me prit dans ses bras. En quelques enjambées, il nous renversa tous les deux dans le lit avec moi en dessous de lui. Et puis ses lèvres retrouvèrent les miennes une fois encore.

— Étincelle, murmura-t-il alors qu'il caressait mes seins.

Le surnom avait toutes les qualités d'une révérence maintenant. Ses pouces caressèrent mes tétons et je gémis. Mes hanches se levèrent pour rencontrer les siens de leur propre chef, voulant ressentir la pression de son corps là-bas. Son membre rigide contre mon centre.

Il nous retourna facilement, et je me retrouvais à l'admirer depuis le dessus. Prenant appui sur un coude, il glissa ses mains dans mes cheveux et réclama un autre baiser. Je ne pus m'empêcher de bouger contre lui. Le fait de sentir cette bosse dans son pantalon en jean m'excitait.

West gémit. Il recula l'espace d'un instant, me fixant du regard. Puis, de façon très délibérée, il pencha sa tête en arrière, exposant son cou à ma vue.

Mon cœur manqua un battement, ou peut-être deux. J'étais prête à parier que cet homme, cet *alpha*, n'avait jamais exposé sa gorge à la merci de quelqu'un à part l'alpha qui le précédait, des années et des années auparavant. Je croyais déjà en tout ce qu'il avait dit quand il m'avait avoué ses sentiments, mais le voir montrer cette vulnérabilité sans contraintes me fit réaliser encore plus la vérité dans ses paroles.

J'étais sienne. Et il était mien. Tout à moi.

La gorge nouée par l'émotion, je me penchai et laissa une traînée de baiser de sa mâchoire à sa gorge en passant par la pomme d'Adam. Puis je continuai plus bas. Par-dessus ses pectoraux, ses abdos durs comme de la pierre, vers la boucle de sa ceinture. Je m'en défis rapidement. Les jointures de mes doigts effleurèrent son érection quand je fis glisser la fermeture éclair. West inspira fortement au contact.

Avant que je ne mette en exécution mon plan, il m'attrapa par les épaules et me fit remonter sur le lit, nous faisant rouler sur le lit pour se retrouver au-dessus de moi. Lorsqu'il parla, sa voix était encore plus rauque que d'habitude.

— Si je dois me retrouver en toi, il n'y a qu'un seul endroit où j'ai envie d'être.

Une vague d'excitation submergea mon sexe, comme s'il s'y trouvait déjà.

— Qu'attends-tu alors ? dis-je. As-tu une idée du temps que j'ai attendu pour pouvoir dire que tu es mon âme-sœur ?

West émit un son sourd. Puis, sa bouche s'écrasa contre la mienne comme s'il était désespéré de me goûter de nouveau. Nous nous débarrassâmes de son jean ensemble, et à un moment donné, ma culotte disparut. Sa main caressa l'intérieur de mes cuisses alors que son membre dur caressait mon clitoris. Je gémis, m'accrochant à lui et remontai mes jambes au niveau de sa taille pour le pousser à entrer en moi.

Un frisson parcourut le corps de West. L'instant d'après, il plongeait en moi, jusqu'au bout, en une fois. Un gémissement s'échappa de mes lèvres.

— Ren, murmurait West au rythme de ses coups de reins. Ren.

Comme s'il était en train de marquer son territoire et de faire une prière en même temps. La lueur de notre lien brillait à travers mon corps, si brillant que mon regard se brouilla. Brillant et complètement solide pour la première fois, alors qu'une bouffée de chaleur rejoignait les autres liens dans ma poitrine et qui m'unissaient à mes autres alphas.

J'avais mes âmes-sœurs, tous exactement comme c'était censé être.

West me pilonna, me remplissant complètement de cette chaleur excitante. Mes mains caressèrent toutes les parcelles de son corps que je pouvais atteindre, les muscles de ses pectoraux et de ses épaules se mouvaient. Je me mouvais pour épouser le rythme de ses coups de rein. Ma respiration se transforma en halètements. À chaque coup de rein, il me faisait grimper vers le septième ciel, une vague de plaisir se formant et grandissant jusqu'à me faire trembler.

Il s'arqua et se pencha pour glisser sa langue sur un de mes tétons. Son membre plongea en moi à un angle plus serré, et mon orgasme explosa en moi comme un feu d'artifice. Je pris une profonde inspiration, me resserrant autour de son membre. Sa respiration se fit haletante à son tour.

— Putain, murmura-t-il, donnant des coups de reins plus fort.

Ses muscles se contractaient sous mes doigts qui s'agrippaient à lui. Il me rejoignit dans un grognement.

Nous ralentîmes le rythme de notre danse jusqu'à nous arrêter, la peau recouverte de sueur et nos corps pressés l'un contre l'autre. Un fredonnement satisfait se fit entendre depuis la poitrine de mon âme-sœur. Il s'allongea à côté de moi et me prit dans ses bras, ses bras autour de ma taille et son nez qui caressait ma joue.

— Mienne, murmura-t-il encore une fois.

Je souriais et me retournais pour lui faire un câlin.

— Mien

10

Ren

Je piquai du nez pendant quelques minutes, jusqu'à ce qu'une lumière étrange surplombant mes paupières me ramène à la réalité. Je cillai, me lovant un peu plus dans les bras de West et respirant son odeur qui me faisait penser à une terre fertile et aux pins qu'il y avait à l'extérieur.

Quelque part lors de notre union, ses bandages s'étaient défaits. La lueur qui avait attiré mon attention venait de sa cicatrice. Je ne l'avais jamais vu d'aussi près : une petite incision dans sa peau, avec des bords irréguliers qui marquaient les contours d'un coup de magie. Je levai mes doigts de façon hésitante vers la cicatrice. Sa surface était lisse mais plus dure que le reste de sa peau même si elle était tout aussi chaude. Quand West ne recula pas, Je posai ma paume dessus.

— Elle a changé de couleur, dis-je.

— C'est normal, dis West Tu t'attendais à autre chose
?

— Je pense qu'à chaque fois que je l'ai vu auparavant,
c'était rouge.

Là, elle projetait une lueur rose vif. Ce n'était pas une
couleur que je m'attendais à voir sur West, mais je
supposais qu'il n'avait pas trop son mot à dire dans cette
affaire.

— C'est logique. Tu l'as probablement vu que dans ces
moments où je fonçais dans le tas. Fâché.

L'information mit un moment à arriver à mon
cerveau. Je levai les yeux pour le regarder.

— Elle montre tes émotions ?

Il haussa les épaules. Je pouvais voir dans la subtile
tension dans ses épaules que c'était un sujet qu'il n'aimait
pas aborder, mais il soutint mon regard.

— La magie des Fae fonctionne de façon mystérieuse.

— Ce n'est pas étonnant que tu la bandes.

Imaginez-vous en train de mener votre rôle d'alpha
avec tous vos semblables capables de savoir ce que vous
ressentez à cause de la lumière à travers votre t-shirt.
C'était une illustration littérale de l'expression avoir la
main sur le cœur.

— Tu l'as eu lors de la bataille où…

— Où ils ont tué ma mère, combla-t-il quand je ne
pus pas continuer ma phrase. Oui, et elle est restée rouge
un long moment après ça.

Je passai mon pouce le long des contours ; là où la
cicatrice rencontrait la peau plus douce sur les muscles
ciselés de sa poitrine

— Alors, que signifie la couleur rose ?

Il lâcha un rire.

— Tu as vraiment besoin de me demander ça, Étincelle ?

Il releva mon menton pour que mes lèvres rencontrent les siennes. Le baiser était si long et tendre que mon cœur s'illumina aussi. Nos lèvres se séparèrent, nos visages toujours si proches que nos nez se touchent.

— Je t'aime, Ren, dit-il d'une voix basse mais rauque.

Mon cœur manqua un battement. Je passais mon bras autour de son cou, profitant du mouvement pour me hisser plus près de lui.

— Je t'aime aussi.

— Dieu seul sait combien je suis chanceux.

Je rigolai.

— Tu n'as pas rendu les choses faciles au début.

Mais il y avait des choses que je n'avais pas bien compris sur ses réactions en ce qui me concernait.

— Tu avais peur que je laisse tomber les métamorphes — tous les métamorphes, quand les choses deviendraient rudes ; comme ma mère?

Il haussa les épaules.

— C'était une partie du problème. Je voulais m'assurer que l'on pouvait compter sur toi avant de laisser leur sort entre tes mains. Et aussi, spécialement après… je te voulais. Je ne savais pas à quel point je pouvais faire confiance à mon jugement. Je dois mettre les besoins de mes semblables au-dessus des miens, donc quand mon instinct semble me dire que ce dont il avait besoin était quelqu'un que j'apprécierais énormément, j'ai eu du mal à ne pas être sceptique.

— Peut-être que tu es trop dur avec toi-même, suggérai-je.

— Peut-être.

Il expira une respiration saccadée.

— Depuis la bataille, et la perte de ma mère, peut être que c'est illogique, mais j'ai toujours ce sentiment que si je prends une décision égoïste sur autre chose, c'est comme si je disais qu'elle n'en valait pas assez la peine.

Ma gorge se serra. Je caressa sa joue du bout de mon nez.

— Tu es vraiment dur avec toi-même. Je suppose que je peux te pardonner d'avoir été très dur avec moi.

Il s'esclaffa d'une voix enrouée.

— Tu n'as pas idée combien ça me coûtait de te voir te jeter en plein milieu du danger, encore et encore…

— C'est mon boulot, dis-je. Tout comme c'est aussi le tien.

— Je sais. C'est pour ça que je ne te retiens pas.

— Tu te contentais juste de maugréer comme un abruti.

— Hé.

Il heurta doucement mon nez avec le sien.

— Tu es connu pour placer l'héroïsme bien au-dessus de ta sécurité de temps en temps.

Je souris.

— Mmh. Bon, puisque nous comparons nos comportements irrationnels, dans quelle catégorie devons-nous ranger le fait de "se faire pardonner son comportement d'abruti en ayant une attitude d'abruti encore pire" ?

— Je ne suis pas sûr qu' "abruti encore pire" est un jugement correct. J'essayais d'y aller mollo avec toi.

— C'est marrant comme le fait d'y aller mollo incluait en grande partie de commentaires désobligeants. Et, tu sais, tu avais aussi l'option de dire ce que tu ressentais.

— À quel moment : avant ou après que tu te sois presque fait tuer, *encore* ?

— Dans les deux cas, ça aurait été le bienvenue.

J'enfonçais mon doigt dans son sternum de façon joueur alors que je le regardais en plissant les yeux.

— En même temps, vu ton aisance à partager tes sentiments, j'aurais sûrement pensé que tu me disais de me jeter du haut d'une falaise à la place.

West captura ma main. Avec un grognement, il roula pour se retrouver au-dessus de moi, maintenant mes deux poignets au-dessus de ma tête.

— Je pense que je peux rendre mes intentions plus claires, dit-il, une lueur à la fois amusée et excitée dans ses yeux.

Je me trémoussais sous lui, sa prise taquine me mettant aussi dans un état d'excitation. J'eus le souffle coupé quand je sentis la dureté de son membre contre mon entre-jambes. En un instant, j'étais deux fois plus mouillée.

— Déjà debout et prêt à y aller ? dis-je, me tortillant un peu plus sur le côté afin que son membre puisse être contre mon centre.

Le contact nous fit gémir tous les deux. West me regardant un grand sourire aux lèvres.

—J'ai quelques qualités impressionnantes.

— Mmh ?

Le désir créait une douleur qui déjà se propageait depuis mon bas ventre.

— Je t'en prie, alors, vas-y, utilise-les toutes.

La chaleur dans son regard se transforma en braise.

— Oh, tu peux me croire que je vais le faire.

Il se baissa pour m'embrasser en même temps qu'il me pénétrait, et nous nous laissâmes aller au plaisir pour encore un petit moment.

Après un petit détour dans mes quartiers pour trouver une robe qui ne semblait pas avoir été récemment déchirée dans un excès de passion, je retournais dans les couloirs du domaine pour voir si l'on avait besoin de moi. Durant le reste de la journée, je ne pus m'empêcher de repenser au bonheur d'avoir enfin consommé toutes mes unions avec les âmes-sœurs. La menace que posait les vampires ne s'était pas envolée juste parce que West et moi nous étions envoyés en l'air.

Les semblables de West et les autres qui avaient trouvé refuge ici étaient déjà en train de travailler d'arrache-pied à déposer plus de bois à brûler dans le cercle de protection entourant le domaine. D'autres s'étaient aventurés plus loin pour faire de la reconnaissance et essayer de trouver la cachette où les vampires se terraient de jour. S'ils avaient trouvé un refuge temporaire, peut-être que nous pourrions mettre les chances de notre côté avant que la nuit ne tombe de nouveau.

Si seulement ça pouvait être si facile. Cependant, je

doutais que les suceurs de sang se soient soudain montrés si négligents.

Je me dirigeai justement vers les parties communes quand le contour d'une porte fermée attira mon attention. Un sursaut d'anticipation que je ne pouvais expliquer me traversa. Je me retournai.

Le couloir devant moi s'effaça.

Je me tenais devant une porte toute simple, peinte d'une couleur claire qui rappelait la mousse, la même couleur que les murs qui l'encadraient. Un cercle de petits creux rappelant des fossettes marquait la surface de la porte au niveau de mon regard. Elle n'avait pas de bouton de porte, ni de poignée. Un bourdonnement à peine audible m'emplit les oreilles, et je fus certaine que je pouvais ouvrir cette porte si je le voulais. Je fus certaine que je suis celle qui devait l'ouvrir, pour moi et mes semblables.

Une odeur familière, comme celle d'un mélilot et de pierre qui avait cuit au soleil m'enveloppa. L'impression d'être *chez soi*. Puis la vision se dissipa.

Je trébuchai à reculons, mon dos, qui me faisait toujours mal, cogna contre le mur derrière moi.

La porte que j'avais en face de moi maintenant, dans le domaine canin, était jaune-dorée. Elle avait une poignée de porte des plus ordinaires, juste à sa place. Mais elle avait déclenchée une mémoire, ou peut-être pas ma mémoire mais quelque chose de plus profond, qui était au fond de l'esprit de ma métamorphe dragonne. L'excitation me parcourut les terminaisons nerveuses.

J'avais pleinement embrassé mon rôle. Je m'étais unie à mes quatre alpha et à travers eux, à leurs semblables.

Peut-être qu'il avait encore plein de surprises qui venaient avec ma nature de dragonne que je ne m'y attendais.

Peut-être que j'avais assez de ressources en moi pour arrêter les attaques de vampires à jamais.

Je me retournais et m'éloignais de la porte, me dépêchant d'arriver aux parties communes. Mon regard s'arrêta sur le premier personnel de maison que je vis. Je l'attrapais par le bras.

— Pouvez-vous trouver les alphas et leur dire de me retrouver dans le salon ? J'ai besoin de les voir immédiatement.

Elle opina.

— Tout de suite, métamorphe dragonne.

Je savais que Nate se trouvait déjà près du salon qui nous était réservé aux alphas et à moi. Il avait quitté son lit dans les quartiers des guérisseurs afin de pouvoir passer quelques coups de fils à ses semblables sans déranger les autres métamorphes blessés.

Quand j'entrais en trombe dans la pièce, il me regarda depuis le fauteuil où il était assis. Ses sourcils s'arquèrent.

— Tout va bien, Ren ?

— Je pense que oui, dis-je. Je pense que je sais où je peux trouver quelques réponses. Est-ce que tu es assez remis pour pouvoir voyager ?

Nate se mit debout lentement mais de manière stable.

— Si c'est ce que nous devons faire, je suis assez guéri. Que s'est-il passé ?

— Je… ne suis pas complètement sûre pour l'instant.

Marco entra dans la pièce de son pas nonchalant, sa posture décontractée mais ses yeux bleu indigo très en alerte. West arriva un moment plus tard, sa démarche raide, avec Aaron qui lui emboîtait le pas.

Comme ils s'arrêtaient à ma hauteur, un frisson secoua l'air autour de nous. Il se répandit contre ma peau, me coupant le souffle un court instant. C'était la première fois que mes alphas et moi nous retrouvions dans le même espace avec notre lien confirmé. Le pouvoir du lien bourdonnait entre nous, presque électrique.

Je n'étais évidemment pas la seule à le sentir. Marco sourit en coin et dirigea son regard vers West.

— Je vois que tu as finalement ouvert les yeux.

Le métamorphe loup montra ses dents un peu, mais il ne pouvait s'empêcher de sourire quand son regard se posa sur moi. Ainsi, c'était à ça que ça ressemblait d'être la métamorphe dragonne. D'être le point d'ancrage qui unissait la communauté des métamorphes. C'était une sensation grisante et quelque peu effrayante en même temps.

— Que se passe-t-il Serenity ? demanda Aaron.

Je cherchais à tâtons la sensation qui m'avait fait les appeler.

— Le domaine de la métamorphe dragonne. Vous y avez déjà été, n'est-ce pas ? De quelles couleurs sont les murs à l'intérieur ?

Mes âmes-sœurs avaient l'air perdus.

— De ce dont je me souviens, ils sont verts, dit Nate. La plupart d'entre-eux du moins. Pourquoi ?

— Il y a juste quelques minutes, une sensation m'a envahie, dis-je. Elle était similaire aux visions que ma mère m'avait laissées, comme celle que j'ai eu sur la façon dont elle est morte. J'ai vu une porte dans ce que je pense être le domaine de la métamorphe dragonne. J'avais l'impression d'être chez moi. Et les couleurs correspondent à ce que Nate dit.

— Une porte, répéta West, me laissant continuer.

— J'ai eu l'impression que je suis destinée à l'ouvrir. Maintenant que… Maintenant que j'ai consommé mon union avec vous tous. J'ai l'impression qu'il y a quelque chose de l'autre côté de la porte dont j'ai besoin, quelque chose faite pour chose métamorphe dragonne. Et si c'était quelque chose qui peut nous aider contre les vampires ?

Les quatre hommes échangèrent un coup d'œil.

— Ce domaine recèle des secrets que seules les métamorphes dragonnes ont été à même de comprendre, dit Aaron. Quand je l'y rendais avec l'alpha qui était mon mentor, il y avait une section entière de la maison où nous n'étions pas autorisés. Les archives que nous avons sur la lignée des métamorphes dragonne ont toujours été ténues.

— Que suggères-tu princesse ? dit Marco. On doit faire une sortie pédagogique ?

J'opinai.

— Je dois y aller pour savoir ce qu'il en est. Vous autres….

— Nous venons avec toi, dit West avec fermeté. Mes lieutenants peuvent continuer les préparatifs ici, et mener nos défenses si besoin. Peut-être que les vampires n'attendent qu'une chose, c'est que tu sois laissée sans protection. Nous avons un jet ici. Nous pouvons être dans ton domaine en début d'après-midi.

C'est tout ce que j'avais besoin d'entendre. Je laissais échapper une profonde expiration.

— Alors allons-y en avion.

11

Dans le jet, Kylie s'assit en travers de son siège avec un soupir de plaisir.

— Je pourrai bien m'habituer à ce genre de luxe. Au diable les voyages en classe éco.

Je rigolai.

— Je pense que la plupart du temps nous prendrons la route. Mais les voitures des métamorphes dans lesquelles j'ai été sont assez confortables aussi. Les jets sont réservés aux urgences.

— Des urgences très confortables, déclara ma meilleure amie en se lovant un peu plus dans le cuir doux. Je ne vois pas du tout de quoi se plaignent les vampires. Les métamorphes savent comment vivre la vie pleinement.

Il était hors de question que je parte sans Kylie cette fois, pas avec une autre attaque des vampires à l'horizon. De toute façon, ce n'était pas comme si elle m'aurait laissé faire. J'avais à peine réussi à lui dire que j'avais décidé du domaine de la métamorphe dragonne qu'elle avait déjà attrapé les valises qu'elle avait ramené de New York et avait annoncé qu'elle était prête à partir.

Je pense qu'elle avait même convaincu le personnel d'embarquer son lance-flammes dans la soute à bagages. Mais Aaron avait tout supervisé, et comme il ne pensait pas que l'engin pouvait potentiellement exploser, je pense que je n'avais pas à m'en inquiéter.

— Il y a des avantages à être avec un métamorphe, hein ? dit Félix un large sourire aux lèvres.

West avait pris avec lui quelques-uns de ses semblables pour aider à remettre de l'ordre dans mon ancienne maison après toutes ces années sans qu'elle ne soit utilisée. Le fennec s'était installé dans un des sièges en face de nous. Au début, j'ai cru que c'était une coïncidence, mais en voyant comme ses yeux brillaient quand il regardait Kylie, je n'en étais plus si sûre.

— Oh, mais je peux te donner plein de raisons de traîner avec les métamorphes, dit Kylie affichant elle aussi un grand sourire.

Elle commença à énumérer avec ses doigts.

— Beaucoup de festins. Des chambres d'amis super confortables. Être avec ma meilleure amie, bien sûr. Et il ne faut pas oublier tous ces beaux mecs.

Est-ce que ma meilleure amie venait juste de… battre des cils en direction de Felix ? Et était-il en train de *rougir* ?

Il y avait définitivement une trace de rougeur sur les joues du fennec. Il passa ses mains dans ses cheveux fauve les ramenant en arrière, se la jouant décontracté.

— Il semblerait donc que tu es exactement là où tu devrais être alors.

— Oh, j'en suis sûre.

— On s'amuse beaucoup plus quand les vamps n'essaient pas de nous massacrer. Tu devrais revenir au domaine quand nous les aurons écrasés.

— Et tu vas me montrer comment s'amuser ? dit Kylie, son sourire s'élargissant.

Oh, elle était en pleine drague. Je pouvais reconnaître ce sourire qui disait "je suis à toi" de loin.

— Felix, vient un instant, l'appela West qui se trouvait plus près du cockpit.

Le fennec fit une grimace d'excuse et alla voir ce que son alpha voulait. Je suivis ses pas, mon regard trouvant immédiatement celui de West. Mon âme-sœur affichait une expression sérieuse, mais ses yeux s'adoucirent un peu quand il me sourit brièvement. Et punaise, c'était assez pour que mon cœur batte la chamade.

— Mmh, dit Kylie en jouant des sourcils. C'est juste moi ou est-ce que la lueur qui t'entoure aujourd'hui est plus forte ? Des secrets que tu voudrais partager ?

C'était à *mon* tour de rougir. Je baissais la tête alors que la chaleur me montait au visage. Mais je ne pus empêcher un large sourire de fendre mon visage.

Il y avait beaucoup de choses qui nous bouffaient la vie en ce moment, certaines d'entre elles de façon littérale. Mais il n'y avait pas un vampire au monde qui pouvait m'enlever la joie d'avoir toutes mes âmes-sœurs autour de moi ; sachant qu'on était tous là les uns pour les autres.

— Plus tard, dis-je. Quand nous aurons un endroit plus discret pour parler.

Je n'avais aucun doute sur le fait que les semblables de West avaient déjà ressenti le changement d'ambiance. C'était difficile de dire s'ils étaient plus effusifs avec moi maintenant puisqu'ils se pâmaient devant moi depuis le début. Mais j'avais aperçu un nouvel éclat dans plusieurs regards alors que nous quittions le domaine pour aller prendre le jet.

Je pense qu'il y aura plein de jeunes canins courant de partout d'ici neuf mois, avec ou sans la menace des vampires. Cela ne voulait pas dire que je voulais parler de mon moment avec West là où tout le monde pouvait m'entendre grâce à leur ouïe fine de métamorphes.

— Ooh ! Je le savais ! dit Kylie. Tu es en feu Ren. Je le dis comme une métaphore, pas dans le sens dangereux.

Je ressentis de nouveau l'agitation dans ma poitrine, comme une flamme qui dansait.

— Je me sens un peu comme ça, dus-je admettre.

— Il était temps. Plus de brimades. Que de l'amour, de l'amour, de l'amour.

Elle le dit en chantonnant d'une voix si ridicule que je me remis à rigoler. C'est pour ça que je *l'*aimais. Pendant ces quelques minutes, lui parler m'avait fait oublier toutes les emmerdes auxquelles nous devions faire face.

Au moins, jusqu'à ce que Marco ne prenne place dans le siège qu'occupait Felix après avoir rangé son téléphone dans sa poche. Il avait toujours son sourire taquin mais ses yeux paraissaient hantés. Nate qui était assis un siège plus loin se retourna pour savoir ce que le jaguar avait à dire.

— Quelques-uns des miens ont suivi les vamps qui sont allés dans mon domaine hier, dit-il.

Il avait parlé à son lieutenant qui se trouvait en Floride.

— Il semblerait qu'ils se soient terrés dans une petite ville plus proche de notre territoire que leur terrain de chasse habituel. Ils seront plus rapidement sur les lieux pour leur prochaine attaque.

— Est-ce que tes semblables peuvent lancer l'attaque ? demandai-je. Utiliser la lumière du jour à notre avantage ?

Marco secoua la tête.

— Le bâtiment où ils sont est très sécurisé. Toutes les issues sont scellées, les portes ne bougent pas de leurs gonds, pas même celle du garage où ils ont parqué leurs voitures. Soit les vampires ont eu beaucoup de chance, soit ils avaient planifié l'attaque des domaines des métamorphes avec assez de temps pour préparer les lieux à leur avantage.

Aaron nous rejoignit et se pencha sur le siège de Marco.

— Mes semblables ont vu quelque chose de similaire près du domaine aviaire. Les vampires se sont préparés à un long combat. Et ils savent que prendre les domaines est la clé de leur victoire.

Mon pouls manqua un battement.

— Donc, nous ne pouvons les laisser pénétrer aucun de ces murs. Nous aurons besoin de tout le bois à brûler que nos semblables peuvent préparer, chaque métamorphe capable de se battre doit se tenir prêt à se charger de ceux qui pénétreraient nos défenses… Est-ce que nous pouvons avoir des gilets pare-balles pour nos gardes ? D'autres équipements de sécurité ? Peut-être que nous ne pouvons pas utiliser des armes, mais il n'y a aucune loi qui nous interdit de nous défendre contre les armes à feu, n'est-ce pas ?

Nate fronça les sourcils.

— Ça ne marchera que sous notre forme humaine. Mais tout est bon à prendre.

Kylie intervint avec excitation.

— J'ai une connaissance dont le frère travaille dans un dépôt d'équipement de sécurité. Il peut définitivement nous mettre en contact.

Je secouai la tête un peu soulagée.

— Évidemment que tu connais quelqu'un.

Elle remua ses doigts.

— Je suis la meuf la plus connectée de NYC, tu peux le croire.

Cependant, toutes ces stratégies n'étaient que des mesures provisoires.

— Au moins, les vampires ne peuvent pas tenir un vrai siège. Nous avons toujours l'option de nous disperser si la situation devenait désespérée ; durant la journée, ils ne sauront pas que nous sommes partis.

— Je ne pense pas que nous tiendrons nos troupes longtemps si nous abandonnons les domaines, dit Aaron. Et je ne pense pas que les vampires laisseront un seul bâtiment debout si jamais ils avaient un accès libre. Mais oui, si nous en arrivons à ça…

— Et ensuite quoi ? dit Marco. Nous détalons dans les bois comme si nous étions de vrais animaux ? Nous pourrions le faire mais nous ne ferions que survivre. Nous ne sommes *pas* que des animaux. Nous avons besoin d'un point d'ancrage, d'avoir notre communauté. Et notre confort.

Il passa sa main sur le bras rembourré de son siège.

— Tu as raison. Je n'aurai pas dû suggérer ça.

Ce n'est pas le type de victoire qu'une métamorphe dragonne peut offrir à ses semblables. Je me passais les doigts dans les cheveux, les lèvres tordues en une moue.

— Ils sont dépendants de leurs camions. J'aurais dû brûler certains de ceux qu'ils avaient aux abords du domaine hier.

— Ren.

Nate tendit son bras par-dessus le siège pour prendre ma main. Il la serra gentiment, ses chaleureux yeux bruns cherchant à capter mon regard.

— Tu en as fait énormément hier soir. Tellement plus qu'aucun d'entre nous n'aurait pu le faire seul. Ne te mets pas martèle en tête à cause de ça. Il y avait beaucoup de vampires et ils ne sont pas bêtes.

— Mais nous trouverons le moyen de les battre, dit Marco. Ils se frottent à une dragonne en pleine possession de ses capacités et ses quatre alphas maintenant.

Ses lèvres se retroussèrent en ce qui semblait être un sourire franc.

— Tu vas y arriver, princesse. Et nous sommes là pour te soutenir.

— Nous devrions laisser l'opportunité à mes semblables de mettre le domaine en ordre, dit West quand nous quittions la piste d'atterrissage. Un groupe de semblables canins qui sont installés non loin d'ici sont arrivés il y a environ une heure, mais il y a beaucoup à faire.

Les subordonnés qu'il avait amené avec nous dans l'avion étaient déjà en train de s'activer devant nous. Seul un bout du tour de la demeure m'était visible depuis là où j'étais. D'énormes chênes et érables argentés se dressaient entre la bâtisse et la piste d'atterrissage.

— Cela fait combien de temps que personne n'est venu ici ? demandai-je.

Partout où je regardais, je trouvais des bribes que je reconnaissais : le long passage vers la piste d'atterrissage, le bruissement des feuilles d'arbres, le paysage escarpé des montagnes au nord qui se transformaient en des collines vertes qui entouraient le domaine. Tous mes nerfs étaient à vif, même si cela ne faisait qu'une minute que j'étais descendu de l'avion.

J'inspirai profondément. La brise transportait une délicate odeur de trèfles. Ça aussi c'était familier.

— Nous avons envoyé nos semblables pour s'en occuper à tour de rôle, dit Aaron. Nous ne voulions pas que l'endroit tombe en ruine.

Il posa une main au creux de mes reins.

— Nous avons toujours cru en ton retour. Mais l'endroit ne sera pas encore très accueillant. Il faut qu'ils découvrent les meubles, remplissent les placards et faire un nettoyage plus en profondeur, et tout.

Je me dirigeai vers les arbres. Le bruit de la brise qui passait à travers eux entraîna un picotement dans mon dos. Il appelait mes ailes.

C'était ici que j'avais appris que j'étais une dragonne. Où j'avais vu un dragon voler pour la première fois. Ma mère, sa couleur bronze luisant dans le ciel. Ma gorge se noua.

— Il n'y a pas besoin de tout ça pour que je me sente chez moi, dis-je. C'est juste *mon foyer*.

Je marchai d'un pas allègre sur le même chemin qu'avait pris les autres métamorphes. Mes âmes-sœurs étaient juste derrière moi. Je ressentais chacune de leurs présences à mes côtés : calme, enthousiaste, fier, méfiant. Et ils étaient tous là pour moi, croyant au fait que j'étais dans le bon chemin en les amenant ici.

Je ferai mieux de prouver que cette confiance était méritée.

Quand nous émergeâmes du petit chemin bordé d'arbres sur la plaine aux herbes hautes qui entouraient la maison, ma respiration se bloqua dans ma gorge. Kylie s'arrêta à mon niveau.

— Punaise, Ren. Ça c'est de la maison.

Ça ressemblait plus à un palais qu'à une maison, deux tourelles de part et d'autre d'un grand portail en arc, un parapet entre le mur et les tourelles ; les pierres qui constituaient le garde-fou étaient peintes d'un blanc éclatant et avec du rouge et du doré sur les rebords de la porte et des cadres de fenêtres.

La voix de ma mère se fit entendre dans un souvenir, pleine d'amusement. *Une forteresse médiévale de taille moyenne. Elle nous garde en sécurité au lieu de garder la royauté en sécurité face à la menace des dragonnes. Nos ancêtres qui ont demandé la création de cet endroit avait un sacré sens de l'humour.*

J'avais couru dans ces champs avec mes sœurs. Nous baissant pour que les herbes hautes nous cachent, nous faisant sursauter l'une l'autre avec un grognement feint. Nos pères nous rejoignaient dans nos jeux se déplaçant furtivement sous leurs formes animales à travers ces lames d'herbes qui dansaient, attendant le moment propice pour nous sauter dessus gentiment. Seul mon père ours avait été trop grand pour véritablement se cacher. Nous grimpions sur son dos et le lancions à la poursuite des autres.

Mon regard se dirigea vers la forêt plus dense qui était derrière la maison. Des pins et des cèdres étaient mélangés aux chênes et érables là-bas. Les ombres se voyaient plus foncées entre leurs troncs.

Mais pas aussi noir que la nuit quand nous nous étions enfuies. L'air frais dans mes poumons, les branches qui fouettaient mes bras, les cailloux qui crissaient sous mes pas ? La main de ma mère si serrée autour de la mienne…

Je détournais le regard. Mon cœur battait la chamade.

— Ren ? dit West, m'observant.

Qu'avait-il vu ? Ça ne m'était pas venu à l'esprit que je ne m'en sortirai pas si facilement avec ses perçants yeux verts maintenant qu'il n'essayait plus de se convaincre que je ne l'intéressait pas.

Je repris une profonde inspiration, laissant l'odeur de trèfles et la chaleur de l'été me relaxant. Concentre-toi sur le présent. Concentre-toi sur les bons moments que tu as vécus. Tout sauf cette nuit fatidique.

— Je vais bien, dis-je. Venez, allons à l'intérieur.

L'entrée principale était bien. Le hall d'entrée était *magnifique*.

Le vert pâle des murs que j'avais vu dans ma vision était devenu réalité. Un globe en cristal pendait du toit, et je savais qu'il éclairerait la pièce quand les ténèbres commenceraient à assombrir l'extérieur. Les portes battantes donnaient sur de grandes pièces bien aérées et avec de grandes fenêtres qui laissent passer la lumière.

Mes jambes me portèrent plus loin dans la demeure comme si elles avaient une volonté propre. Et peut-être que c'était là mon erreur. De ne pas m'être préparée. De ne pas avoir cherché les premiers signes de l'horreur afin de pouvoir me retirer.

Ou alors je n'avais aucun moyen de l'éviter.

Mes ballerines crissèrent sur le sol poli et mon estomac se contracta. Tout comme le bruit des pas de ma sœur quand nous arrivions en courant, comme le cri étranglé de ma sœur Verity alors que les mâchoires du renégat se refermait sur elle.

Je tournais, essayant de me détourner de ces souvenirs, mais mon regard resta accroché à un point du mur. Un point qui sera toujours parfaitement vert, il avait été lavé et repeint. Mais je pouvais voir clairement où le sang avait éclaboussé, juste au-delà de cette porte. Là où il avait coulé vers le parquet où mon père loup s'était effondré.

Mes poumons se contractèrent. Je traversai le couloir encore plus vite.

— Ren ! cria Kylie.

Tout comme ma mère dans mes souvenirs. *Plus vite. Nous ne pouvons pas les laisser nous attraper. Oh, s'il te plaît, Ren, reste avec moi.*

Un sanglot s'était bloqué dans sa gorge. Un gémissement s'était fait entendre derrière nous. Un des renégats était dans le couloir derrière nous, avec son fusil. Tout me revint soudainement, de plus en plus vite : le clic alors qu'il rechargeait. Son rire moqueur rebondissait contre les murs. Une autre mare de sang. Les traces de doigts sur les plinthes.

Je me retournais de nouveau, et rencontrai un torse solide et large. Les bras de Nate m'entourèrent.

— Ren, murmura-t-il, penchant sa tête. Je suis là. Nous sommes là. Tout est fini maintenant.

Je pressai mon visage contre son t-shirt, mais mon pouls continuait de battre la chamade. Plus de souvenirs remontaient à la surface comme des bulles de savon et éclataient dans mon esprit. Mon esprit tournait dans tous les sens. Je n'arrivais pas à penser. Je n'arrivais pas à respirer.

— Amenons-la dans sa chambre, dit West, quelque part derrière moi. Il n'y a pas eu de combats là-bas.

— Hey.

La voix d'Aaron, toujours aussi mesurée même un faible éraillement.

— Nous y voilà, Serenity. Tu as juste besoin d'un peu de temps pour t'habituer. Tu avais raison. C'est toujours ton chez-toi. Il faut que tu t'accroches à cette idée.

Était-ce le cas ? Comment cet endroit pouvait-il être mon chez-moi quand les renégats l'avaient peint avec le sang de ma famille ?

12

Marco

Je toquai doucement à la porte de Ren, ne voulant pas la réveiller si elle s'était endormie. Quand nous l'avions amené à sa chambre un peu plus d'une heure plus tôt, elle tremblait de tout son corps, sa peau avait pris une teinte cireuse. Ça m'avait fendu le cœur de la voir si affectée par le passé de cette maison, mais quand elle nous avait ordonné de partir afin qu'elle puisse réfléchir, elle n'avait laissé aucune possibilité de discussion.

J'espérai qu'elle avait pu laisser ses horribles souvenirs de l'attaque qui avait eu lieu ici s'en aller et qu'elle ne s'y était pas enfoncés encore plus.

— Entrez, dit mon âme-sœur sans demander qui c'était.

Enfin, devait être capable de sentir ma présence aussi bien que je pouvais sentir la sienne à travers le lien entre nous. Il s'était renforcé quand elle avait finalement établi la dernière connexion avec West. C'était bon de savoir que le loup n'était pas complètement une cause perdue.

La voix de Ren semblait stable. Quand j'ouvris la porte et entrais dans la pièce, elle était assise sur son lit, au-dessus des couvertures. Son dos était droit, mais son visage était plus pâle que d'habitude, un contraste saisissant avec ses cheveux brun foncé. La lumière dans ses yeux bruns ambrés n'avait pas le même éclat que j'aurais aimé y voir.

Elle me fit juste un demi-sourire. Je la comprenais assez maintenant pour y lire ce qu'elle ressentait. Elle était embarrassée de la façon dont elle avait craqué. Comme si l'un d'entre-nous qui étions avec elle à ce moment-là l'aurait jugé pour ça.

Je marchais d'un pas nonchalant vers son lit comme si rien ne clochait et m'assis au pied de ce dernier, tendant ma main pour prendre la sienne.

— Comment va ma Princesse des Flammes ?

Elle se rapprocha.

— Je ne me sens pas si royale, murmura-t-elle. Je ne vais pas accomplir ce que je suis censée faire ici si je ne peux pas marcher le long du couloir sans être enterrée sous mes souvenirs.

— Ils vont s'estomper, dis-je, caressant le dos de sa main avec mon pouce. C'est la première fois que tu reviens ici. C'est normal qu'ils t'atteignent si durement. Je n'ai aucun doute que tu retrouveras ton attitude de badasse royale en peu de temps.

Elle me fit un sourire plus complet à cette remarque, mais ses yeux semblaient toujours un peu las.

— Quelque chose d'autre te tracasse, princesse ? demandais-je.

Elle posa sa tête contre mon épaule. Mon corps tout entier se réveilla en un instant, plein de désir et d'affection. Une semaine en arrière, elle aurait peut-être hésité à ne serait-ce qu'être aussi proche de moi. Le fait qu'elle était maintenant mon âme-sœur de toutes les façons possibles ressemblait presque à un miracle.

J'étais bien impatient de ressentir ce miracle encore et encore.

Pour l'instant, je suspectais qu'elle avait plus besoin d'affection que de désir. Je passais mon bras autour de sa taille et elle soupira.

— La façon dont les souvenirs m'ont frappée, à quel point ils m'avaient secoué… Je suis juste inquiète pour tous nos semblables qui attendent notre retour dans les autres domaines, dit-elle. Je pensais que j'allais trouver des réponses ici. Et si le passé avait tellement embrumé mes souvenirs que je ne sais pas où aller ?

— Peu importe à quel point cet endroit est grand, il y a un nombre limité de portes, fit-il remarquer. Je suis sûre qu'on trouvera la bonne.

— Les vampires pourraient attaquer de nouveau d'ici quelques heures. Nous n'avons pas beaucoup de temps.

Je l'attirail plus près de moi.

— Nos semblables les ont déjà bloqués auparavant. La stratégie que tu as trouvée tient la route, et ça a bien marché dans les endroits où ils n'avaient pas de métamorphe dragonne à leur côté hier soir.

Elle se frotta la bouche, fronçant des sourcils.

— Ça ne sera pas suffisant si les vampires continuent de nous attaquer. Il y a des moyens de passer à travers le feu, l'éteindre… J'aurais voulu être partout à la fois. Les brûler tous. Juste en *finir* avec ça.

Oh, ma chère âme-sœur. Je penchais ma tête pour l'embrasser à la tempe.

— Ça a été une longue et difficile aventure, n'est-ce pas ? Tu méritais un accueil beaucoup plus pacifique.

— Peut-être que non. Il n'y avait rien de pacifique dans la façon dont je suis partie.

Son rire sonnait un peu étouffé. Elle enlassa mes doigts avec les siens, regardant nos mains jointes. Sa voix baissa d'un ton.

— Pendant un moment je me suis sentie si bien. Le fait d'avoir mon lien avec vous tous confirmé. Comme si tout était exactement à sa place. Mais maintenant je ne peux m'empêcher de penser à quel point ce serait simple que je perde tout ça.

Les quatre alpha précédents étaient tombés au combat ici aussi. C'était là où sa mère avait perdu ses âmes-sœurs et Ren, ses pères.

L'autre main de Ren se dirigea vers son ventre si instinctivement que je me demandais si elle avait même remarqué son geste. Quelle quantité de sa peur faisait écho à la petite fille qu'elle avait été, et quelle quantité relevait de sa connexion à la métamorphe dragonne qui la précédait, qui avait perdu ses enfants et ses âmes-sœurs ? Qui avait *tout* perdu pour sauver Ren.

Un peu des deux pensais-je. Tout mélangé. Peut-être que mon âme-sœur avait besoin de plus que de l'affection après tout. Elle avait besoin de sentir chaque parcelle de son pouvoir, le pouvoir qu'elle avait en elle, et le pouvoir que nous générions ensemble.

Je le tirai pour qu'elle se mette debout. Un miroir de pied, dont le verre était brillant à l'intérieur de son pourtour en or ornementé, se tenait contre le mur en face de sa garde-robe. Je la dirigeai vers le miroir. Elle leva un sourcil en ma direction.

— Tu essaies de me distraire en me montrant l'horreur qu'est ma tête au sortir du lit ?

Je rigolai.

— Non, juste regarde-toi.

Je me tenais debout derrière elle alors qu'elle regardait le miroir, mes mains reposant sur sa taille. Ses cheveux n'étaient pas vraiment si en pétard que ça, retombant en boucles larges à la moitié de son dos. La robe décontractée qu'elle avait choisie épousait ses douces courbes, mais elle n'en était pas moins attirante que si la robe avait était en soie.

— Ce n'est pas juste une princesse qui te regarde en retour, dis-je, maintenant son regard dans le miroir par-dessus son épaule. Il s'agit d'une reine. Une reine qui a enduré chaque bout de connerie qui a été balancée contre elle et qui a su les survoler.

— Ah oui ? dit-elle.

— Oh, oui. Regarde ces yeux. J'ai aimé le feu qui y dansait depuis le premier moment où je t'ai vu. C'était tout ce dont j'avais besoin pour savoir que tu avais en toi la force d'affronter toutes les épreuves du monde.

Je dégageais ses cheveux vers le côté afin de pouvoir embrasser le creux de sa mâchoire.

— Et cette bouche entêtée. Ne laissant jamais quelqu'un s'échapper, sauf si cette personne mérite une deuxième chance. Car une reine sait quand être magnanime.

Je caressais ses lèvres douces avec mon pouce. Les yeux de Ren brillèrent. Elle laissa ses lèvres s'entrouvrir, titillant mon pouce avec ses dents. Juste comme ça, je devins dur.

Mes doigts parcourent ensuite ses bras, vers la peau sensible au creux de ses coudes.

— Tout le monde peut voir la force que tu as en toi. Tu ne recules jamais devant les défis. Tu es toujours prête à défendre tes semblables.

Mes bras glissèrent sous ses bras et remontèrent son torse pour parcourir le dessous de ses seins. La respiration de Ren fit une embardée, ses paupières se baissèrent.

— Et je n'ai même pas mentionné à quel point tu es magnifique. Je pourrais ne regarder que toi pendant des jours et j'apprécierai toujours autant la vue.

— Continue, dit-elle, sa voix se faisant rauque.

Ses joues reprenaient de la couleur, une jolie teinte rosée. J'embrassais le côté de son cou, vers son épaule. Mes mains remontèrent pour prendre en coupe ses seins. Elle se pencha contre moi alors que je caressai ses tétons qui pointaient, ce qui fit marquer ses tétons contre le tissu de sa robe. La chaleur irradiait entre nous.

— Nous savons tous deux à quel point ce corps contient de la passion, lui murmurai-je à l'oreille. Continue de regarder pour voir à quel femme extraordinaire tu es.

～

Ren

Je frissonnai de plaisir alors que Marco continuait de caresser mes seins. Chaque effleurement de mes tétons envoyait un nouveau frisson de plaisir électrique à travers mon corps. Et d'une certaine façon, le voir à travers le miroir, la rougeur qui montait en colorant mes joues et mon cou, ses doigts agiles se baladant sur mes courbes à travers ma robe, m'excitait encore plus.

Je le vis baisser sa tête une seconde avant que sa bouche ne trouve le lobe de mon oreille. Il le mordilla doucement, ce qui me fit prendre une courte inspiration. Quand ses yeux rencontrèrent les miens de nouveau, ses paupières étaient tombantes et ses yeux sombres à cause de sa propre passion.

La main de Marco traça un chemin le long de mon côté jusqu'à l'ourlet de ma robe, juste en dessous de mes cuisses. Instinctivement, je me pressai de nouveau contre lui, mes fesses effleurant sa queue déjà toute tendue dans son pantalon. Un frisson encore plus profond me parcourut, et on toqua à ma porte.

La voix d'Aaron passa à travers la porte.

— Serenity ?

Mon esprit était si embrumé par le désir qu'une réponse sortie automatiquement.

— Entre.

Marco arqua ses sourcils en me regardant à travers le miroir. Oh. Euh… Mais Aaron franchissait déjà le pas de la porte.

Il s'arrêta au pied du lit, la porte se refermant derrière lui faisant un bruit sourd. Son regard brillant observa la scène : Marco et moi nous tenant debout ensemble devant le miroir, mes joues rosies et les tétons pointant à travers le tissu, une des mains de l'alpha félins toujours moulée contre ma poitrine. Je pouvais presque sentir les battements du cœur d'Aaron accélérer, la chaleur qui se dégageait de sa peau à sa vue de Marco et moi.

— Si j'interromps quelque chose… dit le métamorphe aigle, son ton posé même si ses yeux brillaient d'intérêt.

Marca bougea un peu vers un côté, se penchant pour m'embrasser de l'autre côté de mon cou, comme pour indiquer qu'il y avait assez d'espace à partager. Mon pouls battit un peu plus vite. Bien sûr que ça importait peu si un autre de mes âmes-sœurs nous voyait. Il pouvait nous rejoindre.

— Absolument pas, dis-je, le souffle un peu court. Du moins, pas du tout si tu veux rester.

Le son enthousiaste qu'il émit sembla répondre à la question. Aaron traversa l'espace qui nous séparait en un instant, passant son bras autour de ma taille.

Je tournai la tête pour l'embrasser. Alors que l'alpha aviaire capturait ma bouche, Marco passa sa langue le long de mon cou en remontant. Une chaleur m'envahit des deux côtés. Aaron effleura un de mes seins avec son pouce alors que Marco continuait de caresser l'autre. Ma culotte était déjà humide, mais maintenant j'avais l'impression qu'elle était trempée.

Je tendis les bras pour enrouler mes doigts autour de leurs t-shirts. Non, ce n'était pas ce que je voulais ressentir. Je tirai sur les cols. Aaron sourit contre ma bouche. Il me donna un dernier baiser, penchant sa tête pour l'approfondir. Puis, il recula juste assez pour passer son fin polo par-dessus sa tête.

Marco fit de même, défaisant les deux premiers boutons de sa chemise puis enlevant le tout d'un coup sec, ébouriffant ses cheveux noir jais ? Je lui jetais un coup d'œil, voulant le voir à mes côtés et pas juste dans le miroir. Mes doigts tracèrent les cicatrices qui s'estompaient de sa peau bronzée, là où le métamorphe tigre, qui l'avait défié, l'avait blessé. J'embrassai une trace sur son épaule, une autre sur sa mâchoire, puis j'amenais sa bouche à la mienne.

Marco m'embrassa profondément et ardemment. Ses yeux brillaient quand il recula. Ses doigts agrippèrent l'ourlet de ma robe avec insistance. Aaron attrapa l'autre bout, et ensemble, ils enlevèrent la robe d'été en coton.

L'alpha aviaire se pencha immédiatement et aspira mon téton nu dans sa bouche. Sa main caressait de à un rythme régulier la courbe de mes fesses. Marca réclama mes lèvres de nouveau, sa main se glissant entre nous. Je tremblais quand ses doigts glissèrent par-dessus mon sexe vers le mont de mon clitoris. Le plaisir jaillit depuis mon centre. Je gémis contre sa bouche.

Le pouce de Marco fit des cercles sur mon clito, m'arrachant un autre gémissement. Puis, il abaissa ma culotte et glissa ses doigts sur mon ouverture chaude et mouillée. Mes hanches se cambrèrent vers lui de leur propre chef. Oui. Oui, s'il te plaît. J'agrippai la ceinture de son pantalon et tirai dessus avec détermination. Il émit un rire et recula pour l'enlever.

Aaron profita de l'opportunité pour tracer de ses lèvres un chemin descendant le long de mon corps jusqu'à atteindre mon sexe. J'inspirai alors qu'il pressait sa bouche contre mon centre. La pointe de ses dents érafla mon clito, et un cri s'échappa de ma gorge. Je me mis à bouger d'avant en arrière nécessitant plus.

Marco se releva et ramena son corps contre le mien depuis l'arrière. Ses mains glissèrent sur mes hanches. La longueur dure de sa queue frotta contre mes fesses et entre mes jambes. J'écartais mes jambes pour lui donner un meilleur accès, me pendant en avant pour poser mes mains sur le cadre du miroir.

Aaron embrassa la surface plane de mon estomac alors que le métamorphe jaguar testait mon entrée avec la tête de son membre. Marco augmenta la pression en avant et je gémis quand son membre dur me pénétra.

— Putain, princesse, marmonna-t-il, ses doigts se resserrant autour de mes hanches. Tu es la meilleure chose que je n'ai jamais senti.

Il sortit et replongea encore plus profondément, envoyant une décharge de plaisir à travers mes nerfs. Aaron se baissa pour lécher mon clito. Mon corps se balançait au rythme des coups de reins de Marco, pressant mon mont à la bouche d'Aaron. Il suivait notre mouvement de balancier, agrippant ma cuisse, sa langue tourbillonnant autour de mon centre jusqu'à ce que comment carrément à trembler à cause de mon plaisir qui augmentait.

— Regarde, murmura Marco, se penchant par-dessus moi alors qu'il ajustait son angle.

Je gémis, donnant des coups de reins plus rapides pour suivre son rythme, pourchassant le sommet de ce plaisir que j'avais presque atteint. Au même moment, je levai mon regard.

Mon reflet me regarda en retour, toute rouge et

sauvage. Je n'avais jamais vu mon regard aussi brillant d'émotion auparavant. D'émotion et de pouvoir. J'avais un homme qui gémissait contre mon épaule en même temps que ses hanches me pilonnait pour suivre mon rythme et un autre qui me dévorait de l'extérieur. La tête dorée d'Aaron ne rata aucun moment quand il défit son jean et massa sa queue au même rythme que nous faisions l'amour.

Il mordillait mon clito, et Marco me pilonna encore plus rapidement. L'extase me submergea. J'explosai entre les deux avec un gémissement aigu, ma main tombant pour agripper l'épaule d'Aaron. La respiration de Marco se fit saccadée contre ma peau quand ma chatte se resserra autour de sa queue. Il se vida en moi. Aaron grogna au même moment, me donnant un dernier coup de langue alors qu'il venait dans sa main.

Je restai là, entre mes âmes-sœurs alors que les vagues de plaisir refluaient, mes jambes tremblaient. Aaron me laissa prendre appui sur moi. Il posa un tendre baiser à l'intérieur de ma cuisse. Marco fredonna joyeusement alors qu'il se ramollissait en moi, et il frotta son nez contre mon épaule.

Je regardais la femme sauvage et satisfaite dans le miroir, cette femme qui avait réclamé quatre âmes-sœurs. Cette femme qui avait vaincu des renégats et des fae. Oui, c'était qui j'étais maintenant. Les tragédies des années passées n'avaient plus d'importance, pas quand il s'agissait d'honorer mon rôle.

Je n'étais plus cette jeune fille désormais. J'étais une femme. J'étais la métamorphe dragonne. Et je déterrerai tous les secrets que ce domaine gardait cachés.

13

Quelques un des semblables de West s'activaient déjà en cuisine, ce qui était une bonne chose. Aucun de nous n'avait mangé à quelque chose qui ressemblait à un déjeuner, juste quelques snacks qui avaient été stockés dans l'avion. Me sentant plus sereine que je ne l'étais quand j'étais entrée la première fois dans la maison, je marchais d'un pas nonchalant vers la salle à manger, y trouvais un plateau rempli de wraps prêts à manger et qui nous attendaient ; j'en pris un à grignoter alors que je me promenais un peu plus loin dans la maison.

Mes souvenirs ne s'étaient pas entièrement dissipés. De temps en temps, mes yeux s'accrochaient à un couloir par lequel un renégat s'était échappé, un endroit où j'avais entendu un cri d'agonie. Mais mon esprit n'était plus en proie au passé comme ça avait été le cas plus tôt. Je me concentrai sur le sol ferme sous mes pieds et la sourde chaleur des liens entre mes âmes-sœurs et moi. Notre union semblait s'être solidifiée un peu plus depuis cet interlude avec Marco et Aaron.

La force dans ce corps et celle des liens m'ancraient dans le présent. J'avais tellement plus de choses à faire ici. Peut-être qu'une victoire contre les vampires n'effacerait pas ce qui s'était passé auparavant, mais je pouvais espérer que cette victoire nous mènerait vers un futur plus prometteur.

Les pièces de l'aile est m'étaient toutes familières. J'y avais passé la plupart de mon temps quand je vivais ici, quand je n'errai pas dans les alentours à l'extérieur. Quand je pénétrai dans l'aile ouest de la maison, un picotement me parcourut jusqu'à l'échine.

Maman m'avait amenée par ici un certain nombre de fois pour me montrer quelque chose sur lequel elle travaillait. Mais de manière générale, nous nous tenions éloignées de ce côté de la maison. Ça avait été son domaine en tant que métamorphe dragonne en titre.

J'avalais le reste de mon sandwich et avançai plus loin dans le hall. C'était *moi* la métamorphe dragonne en titre maintenant.

Je m'attendais pas à entendre de petits bruits de pas venant à mon encontre. Kylie pressa le pas à un angle, son visage s'illuminant quand elle me vit.

— Ren !

Elle tortilla ses mains devant elle avec une expression légèrement coupable.

— Je sais que tu es en train d'explorer cet endroit seule, mais je n'ai pas pu freiner ma curiosité. J'ai trouvé une porte comme celle que tu as décrit, celle de ta vision.

Veux-tu, euh, la trouver par toi-même ou ça te va si je te la montre ?

Vous pouviez être sûr que Kylie avait déjà ratissé la demeure tout entière.

— C'est bon, dis-je avec un large sourire. Ouvre le chemin.

Peu importe ce que je découvrirai ici, je ne sais pas si j'étais sensée l'affronter seule. Je préférais avoir mes âmes-sœurs à mes côtés. Alors que Kylie me guidait le long du couloir par lequel elle était arrivée, je me concentrais sur la chaleur de la pulsation du lien en mon intérieur. Je savais, approximativement, où se trouvait chacun de mes alphas. Et j'avais découvert, en testant les sensations de notre lien que je pouvais tous les attirer. *Venez ici.*

C'était pratique. Il faudrait que je me souvienne de cette astuce. Nate m'avait dit qu'éventuellement je pourrais ressentir quand lui ou les autres seraient en proie à la douleur, même à une longue distance. Être capable de les guider un peu dans ma direction devait faire partie de cette augmentation de la sensibilité.

Le couloir que Kylie avait exploré nous menait autour de l'arrière de la maison. Elle s'arrêta devant la porte. Et c'était elle. La Porte. Elles avaient toutes la même couleur vert mousse, mais celle-ci avait le cercle de fossettes juste au-dessus de ma ligne de vision. Et pas de poignée, pas de bouton de porte. Mais tout comme dans ma vision, en la regardant, je pouvais l'ouvrir facilement.

Des bruits de pas plus lourds résonnèrent dans le couloir. Mes quatre âmes-sœurs apparurent. Ils avaient dû se croiser sur le chemin.

— Est-ce la bonne ? demanda Aaron, inspectant la porte alors qu'ils me rejoignirent.

Je hochai la tête en signe d'approbation.

— Je n'ai pas encore essayé de l'ouvrir.

— Alors, qu'attends-tu, Étincelle ? dit West.

Son ton était plus taquin que bourru.

— C'est pour cette raison qu'on est venu jusqu'ici.

Nate s'approcha doucement comme pour offrir son aide, mais je pouvais ressentir au plus profond de moi que cette tâche m'était destinée. Je pris une inspiration et avançai vers la porte. Mes mains se levèrent comme si elles avaient été sommées de se poser de part et d'autre du cercles de fossettes.

Un courant d'énergie parcourut mes bras. Une sensation de brûlure remonta dans ma gorge, comme si j'attisais le feu de ma dragonne sous ma forme humaine. Je marquai une pause, puis expirai un souffle régulier contre le cercle.

Aucun feu ne sortit de mes lèvres, juste une bouffée d'air. Mais la porte grinça et s'ouvrit, loin de mes mains.

De l'autre côté, un escalier droit et étroit menait à une pièce au sous-sol. Une douce lueur s'infiltra en-dessous alors que je regardais. Je n'avais même pas réalisé que cette maison avait un sous-sol. Je regardais l'escalier un instant, la peau picotant d'anticipation.

— Tu vas y arriver, princesse, dit Marco.

J'y arriverai. J'avançais, descendis une marche puis l'autre, mes doigts le long du mur doux. La sensation de picotement m'enveloppa encore plus, avec une impression qui était très claire.

Peu importe ce qui m'attendait en bas, cela m'était réservée.

— Je ne pense pas que vous puissiez venir avec moi, dis-je aux gars et à Kylie qui se trouvaient derrière moi.

— Nan, acquiesça Marco. Même si nous le voulions, nous ne pourrions pas. Cet endroit ne veut pas du tout de nous.

— Je n'ai jamais rien ressenti de tel, murmura Aaron, principalement à lui-même, avec une curiosité emplie d'émerveillement.

— Donc, n'a qu'à crier si tu as besoin de nous, dit Kylie.

J'avançais, plus bas dans la pièce. La porte se referma en un clic derrière moi. La pression de l'air se densifia, comme pour m'envelopper. Mes pieds rencontrèrent le sol carrelé en bas des marches, et une bouffée d'air frais se précipita dans mes poumons, avec une odeur fraîche et poudrée.

J'y étais.

Et où était ce « *y* » exactement ? Je fis une rotation doucement, regardant la pièce dans son intégralité.

L'endroit était rempli d'étagères collées contre les murs et chacune d'entre elles contenait une rangée de blocs brillants. Je m'approchais. C'étaient des tablettes en cristal, comme celle que Maman m'avait laissée dans le tunnel de métro abandonné qui nous avait conduit à Sunridge, et à mon nouveau pouvoir incandescent qui permettait d'accéder à la vérité.

La pièce en était remplie, sur tous il y avait gravé un ou plusieurs symboles dont beaucoup d'entre eux ne me disait rien. Les seuls autres objets que contenait la pièce étaient un fauteuil avec un haut dos arqué et une petite table de chevet en bois de rose.

L'endroit donnait la sensation d'être dans une bibliothèque, si tu savais comment lire les cristaux à la place des livres. Mais Maman avait réussi à me laisser un message dans ce premier cristal. La flamme révélatrice de vérité et la vision du meurtre de ma mère avaient été contenues dans un cristal plus large. Qui savait ce que ceux-là pouvaient contenir ?

Je n'avais aucune idée de par où commencer, alors j'en saisis une de façon aléatoire. Un petite secousse d'énergie me traversa les bras. Les gravures sur l'une des tablettes montraient quelque chose qui ressemblait vaguement à un ours se tenant sur ses pattes arrière entre un cheval et une belette. Intéressant.

Je me plongeai dans le fauteuil. Mon instinct me disait de presser la tablette en cristal contre mon torse. Une sensation étrange de chaleur coula de sa surface douce et pénétra ma peau. Puis, une voix claire et posée se mit à parler dans ma tête.

« Métamorphe dragonne Matilde, Le 2 Mai 1876. J'enregistre cette histoire d'un conflit résolu parmi les métamorphes disparates. »

Alors que les mots de la dragonne depuis longtemps disparue se déversaient dans mon esprit, une vision se forma devant mes yeux, tout comme les aperçus que j'avais eu de la mort de ma mère. Mais j'avais la sensation que celle-ci était plus symbolique qu'aucun événement qui avait réellement eu lieu. Une grande femme avec de long cheveux noir et lisse se tenait avec un homme à la carrure robuste à ses côtés, dans une cour que je reconnaissais vaguement du domaine des disparates. Plusieurs métamorphes sous leur forme animale rôdaient de part et d'autre de la paire.

— Pendant cinq ans, mon alpha et moi avons vu une hostilité grandissante entre ceux qui mangent de la viande et ceux qui mangent des plantes parmi les semblables du groupe des disparates. Les accusions de malfaisance ont été portées des deux côtés. Quelques escarmouches ont conduit à beaucoup de blessés et quatre morts. Le point de contentieux principal semble être…

Je décollai le cristal de mon torse et le posai sur la table de chevet, arrêtant la vision et la voix. Grâce à quelques lentes respirations, je me recentrai sur le présent. Mon regard balaya de nouveau les étagères.

Donc c'étaient des histoires ? Des archives gravées dans le cristal par les métamorphes dragonnes avant moi, des archives qu'elles espéraient que les métamorphes dragonnes suivantes allaient trouver utiles.

Je n'avais vu aucun conflit parmi les semblables disparates quand j'y étais et Nate n'en avait mentionné aucun. Cette archive valait peut-être la peine d'être écoutée plus tard, mais pour l'instant, ce n'était pas ce dont j'avais besoin.

Je me mis debout, remis ce cristal à sa place sur l'étagère, et contemplai les autres. Il y avait des centaines de tablettes dans cette pièce. Laquelle allait me donner quelque chose que je pouvais utiliser contre les vampires ?

Il n'y avait pas d'autre moyen de trouver que par l'erreur.

Les tablettes cliquetèrent doucement alors que je fouillais à travers plusieurs étagères qui arrivaient à hauteur de ma tête, jetant un coup d'œil à la gravure sur leurs dessus. Ces images donnaient une idée claire des contenus. Comment dessineriez-vous un vampire ? Un bonhomme en bâton avec des triangles qui pointaient de sa bouche ?

Je n'étais pas une artiste. Mon dieu, devrais-je enregistrer les épreuves par lesquelles je suis passée ces dernières semaines sur l'un de ces cristaux quand toutes ces histoires seront derrière nous ?

Je mis cette pensée de côté et me penchai pour regarder dans l'étagère suivante. Ma main s'immobilisa sur une tablette sur laquelle étaient gravées quelques figures à l'apparence quelque peu humaine sur la gauche et un loup, un lion et un aigle sur la droite. Peut-être que ces personnages étaient des vampires ?

Ça valait le coup d'essayer. Je saisis la tablette et m'installai confortablement dans le fauteuil de nouveau.

La voix qui se déversa dans ma tête lorsque je tenais la tablette contre moi était plus grave, plus abrupte.

« Métamorphe dragonne Geraldine, le 14 Novembre 1937. Je fais une chronique de l'état actuel des interactions entre les humains et les métamorphes. J'ai pu voir ce problème empirer depuis que je suis petite fille. Les humains continuent de se reproduire et plus d'entre eux débarquent par l'océan. Les villes s'agrandissent. Ils s'installent partout où ça leur plaît. Parfois beaucoup trop proche de nos territoires de métamorphes que ça n'est confortable pour nous. »

L'image qui se créa devant mes yeux montra un groupe de métamorphes qui surveillaient les maisons érigées le long de la colline depuis leur village. Elle se transforma en une scène des mêmes métamorphes chargeant des voitures avec des cartons depuis leurs maisons, puis s'en allant par la route sinueuse, s'enfonçant plus dans les contrées sauvages.

« Nous avons préservé les terres autour de nos domaines pendant des siècles, mais ceux qui souhaitent vivre ailleurs trouvent leurs opportunités de plus en plus limitées par le nombre et la répartition des communautés humaines. Je vais maintenant entrer dans les détails de quelques stratégies que nous avons utilisées pour limiter les contacts entre... »

Je détachais la tablette et secouai ma tête pour m'éclaircir les idées. L'information que mes ancêtres relataient ici était quelque chose à laquelle je voulais définitivement revenir, mais pas pour l'instant, alors que les vampires nous causaient beaucoup plus de problèmes que les humains.

Comme quelques étagères étaient vides, je devinais que c'était pour faire de la place pour des enregistrements futurs. Je laissai la tablette parlant des humains sur l'une de ces étagères pour pouvoir la retrouver facilement quand j'aurai vraiment le temps de me concentrer dessus.

Un regard vers un cabinet fermé me fit voir une pile de cristaux qui devait être à mon usage ou à celle d'une autre métamorphe dragonne après moi. J'espérais qu'il y avait un manuel d'instructions quelque part ici. Je retournais à mes recherches à travers les autres archives.

J 'étais à mi-chemin dans la rangée suivante quand une gravure attira mon attention sur un bout que je reconnaissais. Je retirai la tablette.

En l'examinant de plus près, l'image n'était pas exactement pareille à celle dont je me souvenais. Elle montrait des dragonnes et des personnages humanoïdes un peu trop grands et fins pour être vraiment humains. Les fae. J'avais vu des gravures semblables à celle-ci sur le piédestal dans les caves à l'intérieur de la montagne, là où j'avais trouvé la flamme révélatrice de vérité que la magie des fae et des métamorphes avait créé ensemble.

Les dragonnes et les fae se tenaient côte-à-côte sur l'image de la tablette aussi. Une personnage de fae avait ses mains qui reposaient sur les épaules de la dragonne près de lui. Deux autres se tenaient avec leurs têtes penchées l'une vers l'autre, une forme ressemblant à une flamme entre les deux.

Il ne semblait pas que cette tablette allait me raconter quoi que ce soit sur les vampires, mais encore une fois, peut-être que nos relations avec l'autre communauté de paranormaux dominante me donnerait les informations que je cherchais. Et je ne pouvais nier que j'étais curieuse de savoir comment ces êtres brillants et fins s'étaient un jour entendus.

Je repris ma position dans le fauteuil une nouvelle fois et collait la tablette contre mon torse.

« Métamorphe dragonne Charlotte, 1842. Je souhaite archiver un projet commun dans lequel je me suis embarqué avec nos compagnons fae, et détailler l'état actuel de notre alliance. »

Une alliance, hein ? C'était évidemment tombé à l'eau il y a bien longtemps.

Je parvins à ne pas me stresser à la vue de la vision que la tablette projetait devant mes yeux. Des fae grands, fins et brillants étaient en train de flotter à travers une forêt ouverte au milieu d'une meute de loups. Une dragonne, verte émeraude, s'envola en flèche par-dessus les autres.

Les fae ne fuyaient ni ne pourchassaient les métamorphes. Je pouvais dire, grâce aux sourires et la façon dont les groupes se mêlaient les uns aux autres, qu'ils aimaient partager les bois. Ce n'était pas une image que je m'attendais à voir.

Mais encore une fois, la seule fois où j'avais vu plus d'un fae à la fois, c'était dans cette vision qui me montrait un groupe des leurs tuant ma mère avec leur magie.

« Je suppose que c'est logique que nous les métamorphes et les fae nous puissions nous comprendre plus qu'aucun de nous ne comprend les vampires, » continua la douce voix de l'ancienne métamorphe dragonne. « Contrairement à eux, nos deux groupes sont tous deux plus attirés par la vie que par la mort. Bien que certains d'entre nous aiment les courses de nuit, tous les métamorphes que j'ai rencontré aime profiter d'un bon bain de soleil, ce que les fae adorent. Et mon feu de dragonne a tellement de similarités avec la magie des fae, qu'ils m'ont assurée que nous pouvons lier les deux, partager nos pouvoirs. Je suis enthousiasmée par ces possibilités. »

Les images tournoyèrent pour montrer la dragonne émeraude cracher du feu vers une femme fae, qui l'enveloppait dans un faisceau de sa propre magie d'une teinte bleutée. Ma respiration se coupa en regardant ça. J'éloignais la tablette lentement de moi pour reprendre mes esprits.

Du bleu et du rouge, se mélangeant. Pour créer le violet de ma flamme révélatrice de vérité? Était-ce cette métamorphe dragonne qui avait créé le pouvoir sur lequel j'étais tombée deux siècles plus tard ?

Aussitôt que la question me vint à l'esprit, ma gorge se noua. Peut-être que les métamorphes dragonnes avaient été capables de collaborer avec les fae dans un passé lointain, mais beaucoup de choses avaient changé depuis. Comment en étions-nous arrivés au point où la monarque des fae détournait le regard alors que son peuple massacrait ma mère ?

Comment diable pouvions nous leur faire confiance de nouveau ?

Je ne savais pas ce qui avait mal tourné mais je ne pouvais répondre à aucune de ces questions sans en savoir plus. Prenant une profonde inspiration, je ramenais la tablette contre ma poitrine pour savoir quoi d'autre mes ancêtres pouvaient m'apprendre.

14

Ren

Mon nom me parvint comme s'il avait été prononcé depuis une longue distance, par-delà un océan peut-être. Au début, je ne l'avais presque pas entendu. Puis il transperça ma concentration de façon plus insistante.

« Ren ! Princesse, si tu ne dis rien bientôt, Je vais devoir déclencher les sirènes. »

J'éloignai la tablette que je tenais contre moi d'un coup sec. Ma tête tournait. Mon estomac était noué et tomba droit dans le trou qu'il avait formé dans mon ventre.

Ça faisait combien de temps que j'étais dans le sous-sol aux archives ? Je frottais mon front comme si ça allait enlever la brume autour de mes pensées et je retrouvais enfin mes moyens et répondis à Marco.

— Je suis là, je suis désolée. Je me suis juste… laissée absorbée.

Son rire me parvint, un peu sourd, en bas des escaliers.

— Tu devrais penser à être moins absorbée un peu. Je pense qu'il est temps que tu manges quelque chose. Et même si j'ai une grande confiance en ta capacité à prendre soin de toi, certains de tes âmes-sœurs sont en train de trouer le tapis à force de faire les cent pas ici.

J'étais restée en bas plus longtemps que je n'en avais eu l'intention, alors. Ce pincement dans mon estomac me rappela que oui, à un moment donné je devais dîner.

Je m'extirpais du fauteuil. Les muscles de mon dos tiraient d'avoir été assise si longtemps. Assise à regarder des visions du passé.

Mais je n'avais toujours pas trouvé ce que je cherchais. Pas la raison de notre embrouille avec les fae. Pas une raison de penser que nous pourrions compter de nouveau sur eux. Je me mordis la lèvre, la mordillant dans ma frustration, alors que je remontais vers l'étage principal.

Marco avait reculé de la porte pour me laisser passer.

— La voilà ma métamorphe dragonne, dit-il d'un ton léger. As-tu trouvé quelque chose que nous pouvons utiliser ?

— Je ne sais pas, dis-je.

La montée des marches m'avait fait tourné la tête. Ce ventre avait besoin de nourriture maintenant.

— Ça serait peut-être mieux que je vous en parle tous en même temps.

— Je peux faire preuve d'un peu de patience.

Il marqua une pause et me regarda des pieds à la tête. Je supposais que je paraissais aussi épuisée que je l'étais. L'expression de l'alpha félin s'adoucit. Il prit mon visage en coupe, caressant ma mâchoire puis il plaça un baiser léger au milieu de mon front.

— Si ce n'est pas encore le cas, tu vas y arriver bientôt, princesse. J'en suis sûr.

Bien. Il fallait que quelqu'un le soit, et purée ce n'était pas moi.

L'odeur alléchante que dégageait le steak tout juste grillé arriva à mes narines. Au moment où nous arrivions à la salle à manger, ma bouche était pleine de salive.

— Regardez ce que ramène le chat, annonça Marco avec un sourire narquois alors que les autres alpha jetaient un coup d'œil depuis là où ils se trouvaient debout autour de la table.

Kylie était là aussi. Elle fut la première à venir à ma rencontre.

— Alors, quel est le grand secret, Peux-tu seulement nous dire ce qu'il y a en-bas? Qu'as-tu fait toute l'après-midi ?

Tous les yeux étaient rivés sur moi. Attendant d'entendre que ce voyage en valait le coup. Mon estomac se noua.

— C'est assez difficile à expliquer.

Marco posa ses mains sur mon épaule.

— Je pense que notre Princesse des Flammes a besoin de se nourrir. Où est le dîner ?

Comme pour répondre à un signal, deux des semblables émergèrent de la cuisine à ce moment-là, tenant des assiettes. Nate leur fit signe de me donner la première assiette. Je me laissais tomber dans la chaise la plus proche et attrapais les couverts qui attendaient.

Cela ne me prit que quelques bouchées avant que mes

idées ne s'éclaircissent. Je bus à grande gorgée de l'eau du verre que quelqu'un m'avait apportée et je regardai autour de la table. Mes alphas et Kylie étaient tous en train de manger, le reste des semblables nous ayant laissé un peu de privacité.

Mais leur attention était concentrée sur moi. Dès que mes mains s'arrêtèrent, West leva son regard, capturant le mien avec un questionnement dans le sien. Aaron leva la tête, ses yeux brillant d'enthousiasme. Il devait mourir de curiosité de vouloir savoir quels secrets des métamorphes dragonne j'avais découvert.

Rien en bas dans les archives n'avait l'air d'être top secret. J'avais le sentiment que personne d'autre que les métamorphes dragonnes ne devait aller en-bas et manipuler les tablettes directement, mais rien en elles ne m'avait dit que je ne devais pas partager les informations que j'avais appris.

La partie la plus difficile c'était d'expliquer toutes ces informations sans l'aide de la voix qui murmurait à mon oreille et les images mentales pour illustrer.

— Je n'ai rien trouvé de spécifique sur les vampires, dis-je doucement. Il y a... Pour faire simple, c'est une pièce d'archives. Des bouts d'histoires que les anciennes métamorphes dragonnes ont sauvegardé pour celles qui viendraient après elles, sur des bouts d'évènements anciens. J'ai fini par passer la plupart de mon temps sur les archives à propos des fae.

Les yeux de West se plissèrent.

— Comment est-ce qu'ils sont liés à ça? Penses-tu qu'ils aident les vampires ?

— Pas du tout, dis-je en balayant l'air de ma main

comme si ce geste allait effacer toute mauvaise interprétation que j'aurais pu provoquer. Une chose que j'ai appris de ce que j'ai lu c'est qu'il n'y a *aucune* chance que les fae s'allient avec les vampires. Ce sont pratiquement des opposés. Mais je suppose que vous le savez tous déjà.

Je me frottais le visage. Il y avait encore tant de domaines dans lesquels je commençais juste à avoir une connaissance paranormale basique. Il y avait une chose sur laquelle ils n'en savaient pas beaucoup cependant.

— J'étais plus intéressée par la manière qu'ils avaient de travailler avec les métamorphes.

— Alors les archives parlent plus de cette association ? dit Aaron en se penchant en avant. Je ne sais pas pourquoi nos propres historiques sont si peu documentés sur ce sujet.

— Il semblerait que les dirigeants fae préféraient travailler avec les métamorphes dragonnes, dit-je. Quelque chose à propos de... ressentir plus d'affinités avec nous parce qu'ils sont centrés sur la lumière et l'énergie, et que c'est similaire à notre feu ? Donc, je n'ai pas eu l'impression qu'ils interagissaient beaucoup avec les autres métamorphes à l'époque non plus.

— Et c'est tant mieux pour nous qu'ils ne le faisaient pas, marmonna West.

J'hésitai. Je savais peut-être plus que quiconque ici à quel point le sujet lui était sensible.

— Ils étaient de *bons* alliés au moins dans un certain sens à l'époque, me sentais-je obligée de dire. C'est grâce à eux et à une des dragonnes précédentes que j'ai pu soutirer la vérité à nos ennemis. Ils ont créé ce pouvoir afin qu'il soit prêt quand serait venu le temps où il serait nécessaire… Cela leur a pris des *années* pour le perfectionner et le contenir. Les fae n'ont rien gagné de cet effort à part le fait de savoir qu'ils nous avaient donné une nouvelle force.

— Ça et un moyen bien pratique d'attirer les métamorphes dans la montagne là où ils pouvaient nous éliminer, fit remarquer Marco.

Je lui lançai un regard noir.

— Ce n'était évidemment pas le plan originel.

— Quel était le plan ? demanda Nate de son baryton grave. Pourquoi pensaient-ils que quelqu'un aurait besoin de ce pouvoir ? Pourquoi ne pas l'avoir donné à la dragonne qui était déjà là ?

— Je suppose que cette métamorphe dragonne n'en avait pas besoin. L'impression que j'ai eu est que c'était comme un atout à avoir dans sa manche. Étant donné la rapidité à laquelle le monde avait commencé à changer, l'étendue du territoire que les humains réclamaient ici… Il ne se doutait pas que ce serait notre peuple qui allait provoquer le chaos.

Je grimaçais.

— Mais ce n'était pas le but.

— Quelque chose à propos de cette alliance te semble important là maintenant, intervint Aaron, son regard fixé sur moi. Pourquoi t'es tu focalisé sur ce point de notre histoire ?

— Partiellement parce que je suis tombée dessus. Et ensuite… J'ai l'impression que tout est lié d'une certaine façon. Les relations entre les différentes communautés paranormales. LA façon dont elles se sont affrontées. Je n'arrive pas encore à mettre le doigt dessus, mais j'ai l'impression qu'il y a *quelque chose* d'important parmi tous ces événements passés qui peut nous aider à savoir quoi faire.

Je marquai une pause et soupirai.

— Et aussi, je ne suis pas tombée sur beaucoup d'archives sur les vampires du tout. On dirait que les deux groupes sont restés éloignés l'un de l'autre.

— Ça semble vrai, dit Marco. Si seulement les vampires pouvaient rester éloignés.

— S'il y a une leçon à tirer des fae, c'est que ce sont des bâtards qui te poignardent dans le dos, intervint West. Peut-être qu'ils ont prétendu être nos alliés avant, mais avec tout ce qu'ils ont fait depuis…

Il balaie l'air de son bras en un geste violent qui me fit penser à sa cicatrice bigarrée.

— Tu suis ton idée, Étincelle, mais je ne vois pas ce qu'on gagnerait à nous lier aux fae à qui on a affaire en ce moment.

Le rictus de sa bouche faisait écho à mon sentiment envers les fae. Ils nous avaient pris nos deux mères, n'est-ce pas ? Je déglutis péniblement et tendit mon bras par-dessus la table pour toucher sa main avec la mienne.

Un ou deux jours auparavant, je me serai attendue à ce qu'il retire sa main. C'est drôle comme une conversation, et euh, les autres activités qui ont suivi cette conversation, avaient changé les choses. Il tourna sa main pour que je puisse entrelacer mes doigts avec les siennes.

— Je sais, dis-je. Crois-moi, je ne leur fais pas confiance non plus.

Mais alors même que je disais ces mots, un inconfort

plus profond fit écho en moi. La façon dont cette métamorphe dragonne précédente avait parlé des fae, avec beaucoup de chaleur et presque de l'admiration…

Avait- elle était complètement trompée, ou y'avait-il plus chez les fae que je n'avais été capable de voir d'après ma propre expérience ?

— Que sait-on maintenant ? demanda Kylie.

Je fronçais les sourcils.

— Je ne sais pas.

Mon regard glissa vers la fenêtre. La lumière avait laissé place à la soirée dehors.

— A-t-on reçu des nouvelles de nos domaines ou des autres communautés ?

Nate secoua la tête.

— J'ai donné à mes semblables des instructions pour qu'ils me contactent dès qu'ils ont des nouvelles. Je vais garder mon téléphone sur moi.

— C'est pareil pour nous tous, dit Marco. Et quand nous apprendrons quelque chose, tu seras la première à le savoir, Ren.

Est-ce que les vampires allaient se retenir de nous attaquer ce soir? Je trouvais ça difficile à croire. Une partie de moi avait ressenti le besoin pour moi de venir ici. Je *devais* découvrir pourquoi.

Je serrai rapidement la main de West avant de la libérer et d'attraper ma fourchette.

— Je suppose que le meilleur plan que j'ai est de me nourrir, puis de retourner aux archives. Il doit y avoir quelque chose qui nous est utile en bas.

La faible lueur des cristaux commençait à me piquer les yeux. Je me penchais sur le côté de la chaise et les frottais. Le repas m'avait redonnée de l'énergie pendant quelques heures, mais je pouvais sentir mon corps fatiguer de nouveau. Les quelques dernières tablettes que j'avais récupérées, plus par désespoir que par l'intuition qu'elles me seraient utiles, ne m'avaient pas vraiment aiguillée.

Il devait y avoir quelque chose de plus sur les fae. Comment avions pu nous diviser au point de devenir presque ennemis sans qu'aucune métamorphe dragonne ne laissent une trace dans les archives ? Bon sang, elles avaient enregistré une archives sur ces dessins géométriques qu'on retrouvait dans les champs.

Je venais juste de me redresser pour détendre les nœuds de mes épaules quand mon regard fut accroché par un coin qui brillait, dépassant à peine entre deux étagères. Me mettant à genoux entre les deux, je glissai ma main et tirai l'objet. Une puis deux puis une autre tablette tombèrent en avant. Elles avaient dû tomber à travers un trou dans les côtés partiellement ouvertes des étagères et avaient dû se loger là.

Alors que j'examinais mes nouvelles trouvailles, mon pouls palpita. L'une d'elle montrait une image d'une fae et d'une dragonne de part et d'autre d'une ligne irrégulière. Il n'y avait pas besoin d'être une psychanalyste pour comprendre ce que ça pouvait signifier. Je reposai les deux autres tablettes sur l'étagère et retombait dans le fauteuil. Il était temps de découvrir ce qui diable avait bien pu mal se passer entre nous et les fae.

« Métamorphe dragonne Mirabel », dit une voix éreintée. « 1908. C'est le cœur lourd que je rapporte la dissolution de nos relations amicales avec les fae. Un accident à été commis de notre côté, je l'admets, mais ils ont prouvé qu'ils étaient totalement sourds à la raison. »

Les images se levèrent et s'évanouissaient les unes après les autres sous mes yeux. Les humains s'installaient près d'un des villages de métamorphes. L'un d'entre eux tuant un métamorphe perdrix qui était parti déployer ses ailes. Les métamorphes rassemblant leurs affaires et s'en allant plus profond dans les contrées sauvages alentour. « Le territoire des fae » dit Mirabel. « Mais ils avaient partagé ce territoire avec nous auparavant. Et mes semblables n'avaient pas beaucoup choix où aller. »

Mais la scène devant moi se passait mal. Les métamorphes tiraient des chariots remplis de leurs possessions le long des plaines aux bois épars et les envoyaient rouler sans voir le petit groupe de fae qui étaient en train de se détendre en contrebas. Les fae crièrent et se dispersèrent, mais l'un d'entre eux ne s'était pas éloigné assez vite. Les roues d'un chariot rencontrèrent à pleine vitesse sa jambe.

Je sursautais devant la scène. Le garçon fae s'en alla traînant sa jambe blessée, le visage tordu d'agonie. Une de ses compagnons poussa un cri et envoya un éclair de magie vers le chariot. Il se brisa en deux avec un grésillement, la moitié de sa charge explosant en particules de lumière.

De précieuses possessions, tout ce que restait aux métamorphes de leurs chez eux. Mes semblables de cette époque lointaine poussèrent un cri. L'un d'entre eux se jeta sur la fae qui avait projeté sa magie, la projetant à terre et la déchirant d'un coup de griffe. Puis l'image s'évanouit.

« Donc, j'ai naturellement était appelée pour résoudre

le conflit, » dit la métamorphe dragonne. « Je partis voir la monarque des fae pour résoudre la situation de façon pacifique. Mais elle n'était pas contente de ne voir que moi. Elle aurait souhaité que mon semblable responsable de l'accident soit amené devant elle pour être jugé. Comme si elle ne faisait pas confiance à mon jugement. Je ne pouvais laisser mon semblable à cette potentielle vengeance. Mais elle prit mon refus pour une insulte sans nom. Elle ne voulait pas entendre parler de compensation de la perte qu'avaient subi *mes* semblables. »

La reine de fae dans la vision tourna sur ses talons, un nuage de magie s'engouffrant entre elle et Mirabel. La métamorphe dragonne s'en alla à grandes enjambées dans la direction opposée.

« Depuis ce jour, ils ont été froids avec nous, » dit-elle dans mon esprit. « Nous expulsant de territoires que nous partagions autrefois. Refusant leur assistance aux semblables qui en avaient besoin. Vu la façon dont ils agissent, je me demande s'ils n'attendaient simplement pas une excuse pour se séparer de nous. Mamère dit qu'ils ont essayé une fois de lui voler son feu de dragonne. Peut-être ont-ils réalisé que nous ne permettrions jamais ça, et que nous ne leur sommes plus d'aucune utilisé. Bon débarras, dans ce cas. »

Sa voix se dissipa. Je revins à moi dans la chambre des archives, agrippée à la tablette. Mon cœur battait la chamade.

Était-ce vraiment comme ça que l'animosité entre nos peuples avait commencé ? Par un simple accident et un acte de vengeance irréfléchi. Mais je supposais que les tension allaient grandissant depuis un certain temps si la

métamorphe dragonne précédente soupçonnait les fae…
d'essayer de lui *voler* son feu ? Qu'est-ce que diable ça
voulait même dire ?

Et comment passait-on de ça au meurtre purement et
simplement ?

15

Je ne savais pas quel temps il était mais la lune brillait contre le ciel noir à l'extérieur de ma fenêtre. Je m'extirpais du lit et jetait un œil au téléphone posé sur le bureau de ma chambre, comme si j'aurais manqué un appel ou un message. Pas d'alerte, bien sûr.

Je grimaçai face à l'écran et me rendit dans la salle de bain de la suite. De petites douleurs tiraillent mes muscles ici et là peu importe la vitesse à laquelle je bougeais. Je pouvais prétendre être totalement rétabli, mais à l'intérieur, les trous que les balles avaient creusés n'avaient pas fini de guérir.

Mon corps avait intérêt à accélérer le processus et refermer toutes les blessures. Il y avait encore beaucoup de batailles qui nous attendaient.

La petite marche ne m'aida pas à trouver le sommeil. Ma tête était embrumée mais le reste de mon corps était en état d'alerte maximale. À tout moment, cet appel annonçant le désastre pouvait arriver. À tout moment, Ren pouvait avoir besoin de moi.

Je me laissais retomber dans le lit de toute façon, enfonçant ma tête dans l'oreiller. Je leur serais beaucoup plus utile si je n'étais pas transformé en zombie par l'épuisement.

La couette m'enveloppa dans une douce chaleur. Des criquets stridulaient par-delà la fenêtre. Les douleurs disparurent de mes muscles. Mais je n'arrivais pas vraiment à m'endormir.

La porte de mes appartement s'ouvrit doucement, sur un clic à peine audible et un mince filet d'air. De légers bruits de pas se firent entendre sur le sol. L'odeur familière de mon âme-sœur me parvint avant qu'elle ne soit au milieu de la chambre. Mes yeux s'ouvrirent et elle et ma lança un doux sourire. Je me décalais sur le lit pour faire de la place pour elle.

Elle grimpa de suite sur le lit et se glissa sous les couvertures, enroulant son bras autour de moi. Je dormais en boxer et rien d'autre. La sensation de sa peau contre la mienne mit mes nerfs en alerte d'une façon beaucoup plus gratifiante.

— Tu as fini tes recherches ?

— Pour l'instant du moins.

Ren lova sa tête sous mon menton et déposa un baiser sur mon épaule.

— Tous les autres sont déjà endormis. Je voulais quelqu'un à qui faire un câlin. Et je me suis dit que tu te sentais peut-être un peu délaissé.

Je rigolai.

— Je suis sûr que tu m'as accordé beaucoup

d'attention quand je n'étais pas en état. Ce n'est pas ta faute si je n'ai pas pu en profiter.

Elle émit un bourdonnement et se rapprocha. Je n'allais définitivement pas me plaindre de l'attention qu'elle me dédiait en ce moment.

— Comment te sens-tu maintenant ? demanda-t-elle. Tu as toujours mal ?

Je ne voulais pas qu'elle s'inquiète pour moi, mais, je n'allais pas lui mentir.

— Un peu. Quand tu es gravement blessé, ça prend du temps pour que tout retrouve sa place. Mais je suis presque rétabli.

Je passai mes mains dans mes cheveux.

— Tu dois toujours ressentir les effets de l'attaque de la nuit dernière.

Elle haussa les épaules.

— Ça va pas trop mal. J'ai passé la majeure partie de la journée assise dans un fauteuil ou un autre. Beaucoup de repos.

Elle pencha sa tête en arrière pour me regarder dans les yeux.

— Je suis sûre que tu as besoin de *te* reposer. Tu es sorti du coma il y a moins d'un jour. J'espère que je ne t'ai pas réveillé.

— Non, je m'empêchais toute seule de dormir, dis-je avec un demi-sourire.

Ses sourcils se froncèrent.

— Tu t'inquiètes pour tes semblables ?

— En grande partie. C'est difficile de ne pas penser à eux. Mais je pense que j'arriverai mieux à m'en détacher avec toi ici.

— Mmh.

Elle remonta ses doigts le long de mon cou et me fit pencher la tête. Je rencontrai ses lèvres dans un long et langoureux baiser. Mon corps réagit instantanément, une chaleur m'envahit, mon membre se durcit. Le temps que nos bouches se séparent, mon membre était douloureusement dur et je m'en fichais complètement.

— Tu sais, dit Ren avec une note coquine dans la voix, je me souviens d'un temps pas si lointain où j'étais tendue par le stress et tu avais trouvé le parfait moyen pour me détendre.

Une énergie enthousiaste me parcourut.

— Je ne demande que ça.

Je bougeais pour surplomber son corps avec le mien, mais elle m'arrêta d'une pression de sa main.

— Non, murmura-t-elle en laissant ses doigts glisser le long de ma poitrine et de mon abdomen vers la ceinture de mon boxer. Je pensais à cette première fois, dans le van… Je ne veux pas que tu fatigues un muscle qui n'est pas totalement guéri. Tu dois juste te relaxer et me laisser prendre soin de toi.

Mon Dieu, rien que la seule façon dont elle le disait comme ça, me regardant à travers ses cils de façon si taquine, me fit presque venir.

Ren m'entraîna dans un autre baiser, celui-ci plus intense, alors que sa main s'aventurait sous mon boxer. Je gémis quand ses doigts se refermèrent sur mon érection. Elle me caressa sans trop de pression au début puis d'une poigne plus ferme, son pouce caressant mon prépuce. Le plaisir jaillit dans mes veines.

Je l'embrassai plus ardemment, mais ce n'était pas

assez. Même si elle ne me laissait pas répondre avec toute la passion que je voulais lui transmettre, je pouvais partager l'extase. Alors que je donnais des coups de reins dans sa main, je fis glisser ma main sous sa robe, entre ses jambes.

Ren gémit. Nos baisers se devinrent brouillons alors que nous commencions tous les deux à haleter. Je frottais le talon de ma main contre son clito, mes doigts testant puis plongeant à l'intérieur de son ouverture. Elle frotta mon liquide pré-éjaculatoire le long de mon membre et me pompa plus rapidement.

Je nageais dans le plaisir maintenant. Était-ce comme ça qu'elle se sentait quand elle se transformait en dragonne et naviguait dans les airs ?

La pression qui augmentait dans mes boules était la plus magnifique des tortures, mais je voulais qu'elle vienne d'abord. Je poussais mes doigts plus haut dans son centre chaud et étroit. Elle prit une soudaine inspiration. Mon pouce pressa sur son centre et son sexe se contracta autour de moi. Elle trembla et ponctua son extase d'un son saccadé, sa poigne autour de moi ne se desserra pas. Deux caresses bien appuyées et je me répandais sur elle.

Nous nous affaissâmes tous deux plus profondément dans le lit, nos respirations retrouvant leur rythme normal ensemble. Ren m'embrassa de nouveau, si parfaitement douce. Et si parfaitement parfaite. Alors qu'elle se blottissait contre moi de nouveau, mon corps lâcha enfin prise sur ses dernières tensions et je sombrai dans le sommeil.

~

Ren

Quand je me réveillai auprès de Nate, mes paupières protestèrent, trop lourdes pour s'ouvrir confortablement. Je clignai mes yeux vaseux dans la pièce sombre. Il faisait toujours nuit de l'extérieur de la fenêtre.

Mais un frisson de malaise venait de me parcourir. Mon pouls battit plus vite.

Quelque chose n'allait pas. Mes âmes-sœurs n'étaient pas calmes.

J'essayais de me glisser hors de la couette sans réveiller Nate, mais il s'étira dès que je bougeai.

— Ren ? murmura-t-il.

— Je veux juste m'assurer que tout va bien, dis-je. Tu peux rester là où tu es.

Aucune chance qu'il le fasse. Le métamorphe ours retira la couette d'un coup sec pour me rejoindre. Il attrapa le peignoir qui était accroché dans sa penderie. Ma robe était froissée, mais je m'en fichais un peu. Tout le monde dans cette maison m'avait vu dans un état pire.

Nous sortîmes dans le hall et trouvions West qui arrivait à grands pas vers nous. Il s'arrêta et nous regarda des pieds à la tête avec un rictus d'amusement au coin des lèvres. Autrement, son expression était sombre. Mon estomac se noua encore plus.

— Je venais justement à vous deux, dit-il. Il semblerait que la tâche soit facile.

Il se retourna pour repartir dans la direction par laquelle il était venu, nous faisant signe de le suivre. Je le rattrapais.

— Que se passe-t-il ? dis-je. Les vampires ont-ils attaqué de nouveau ?

— Bien sûr qu'ils l'ont fait, marmonna-t-il, la voix aussi sombre que son expression. Ils ont expérimenté avec différentes tactiques pour contrer les feux. Principalement des chars à canon à eau pour les éteindre. Autour des domaines, nos semblables ont rajouté de l'essence au bois pour que les feux ne s'éteignent pas si facilement, mais il y a eu quelques villages qui ont été frappés et qui n'avaient pas été évacués… Ils ne s'étaient pas assez préparés.

Mon cœur tomba dans mes talons.

— Y a-t-il des survivants ?

Il secoua la tête, la mâchoire serrée. Derrière moi, Nate poussa un juron.

— Aucun de mes lieutenants ne m'a contacté.

— Ils doivent être encore occupés à repousser les vamps, pointai-je.

Et peu importe ce qui se passait là-bas, il n'y avait rien que lui ou nous autres pouvions y faire là maintenant. D'ici à ce que nous arrivions à un des villages, on serait déjà dans la matinée, les vampires seraient partis, et peu importe le chaos qu'ils auraient laissé derrière eux, les choses seraient en train de se calmer.

— Ce n'est pas tout, dit West alors que nous entrions d'un pas pressé dans le salon privé qui nous était réservé à nous cinq. J'avais mis quelques-uns des miens à surveiller la seule autoroute qui conduit près de ce domaine. Un camion qui empestait les vamps est passé par là il n'y a pas longtemps, se dirigeant vers nous. Peut-être espèrent-ils nous prendre par surprise en se rendant si loin dans notre territoire, comme les renégats l'avaient fait auparavant. À l'allure à laquelle ils allaient, ils seront là d'ici une demi-heure.

Mon pouls rata un battement.

— Nous n'avons érigé aucune défense.

Le domaine de la métamorphe dragonne avait un mur de pierres autour de ces frontières internes tout comme celui du domaine canin, mais il n'arrêterait pas les vampires. Nous n'avions pas amené assez de nos semblables avec nous pour bien le défendre. Nous n'avions pas empilé du bois pour y mettre le feu. Nous avions assumé que les vampires ne seraient pas préparés pour s'aventurer aussi loin, et qu'ils ne verraient pas de raisons de le faire.

— Comment savent-ils même que nous sommes ici ? On est parti en plein jour.

— Peut-être qu'ils ne le savent pas, dit Aaron.

Il se tenait debout à l'autre bout de la table à manger, regardant une carte qu'il y avait étalée.

— Peut-être veulent-ils juste causer autant de dégâts qu'ils le peuvent au domaine, comme une démonstration de force, pour baisser le moral de nos troupes. Il ne semble pas qu'il y ait beaucoup d'entre-eux en chemin.

Marco croisa ses bras là où il se penchait contre le rebord de la table.

— Ou l'un des quelques renégats restant et qui se sont liés aux suceurs de sang a décidé de jouer les espions. Ils ont dû entendre quelque chose depuis les murs externes du domaine canin, les semblables là-bas qui auraient parlé de notre viré, ou tout simplement ils l'ont déduit à travers la direction que prenait le jet.

Je serrai les dents à la pensée de ces traîtres. Que leur

avaient offert les vampires pour qu'ils pensent qu'il valait mieux prendre le parti de créatures qui voulaient exterminer le reste d'entre nous ? Ou pensaient-ils que les vamps seraient satisfaites une fois qu'ils nous auraient eu mes alphas et moi et qu'ils allaient laisser le reste des métamorphes en paix ? N'avaient-ils pas *vu* ce que ces monstres faisaient ?

Bien sûr d'après ce que Thimothy avait rapporté… peut-être qu'ils ne pensaient pas vraiment en général. Seize années, c'était une longue période durant laquelle porter sa rage. Je parierai que certains des perdants de la bataille au domaine de Marco avaient disparu dans les zones sauvages pour vivre en paix loin de nous. Ceux qui s'en étaient allés rejoindre les vampires étaient allés trop loin pour être raisonnés.

— Alors quel est le plan ? dis-je.

Aaron tapota le plan. J'allais me poster à côté de lui.

— Il y a juste une seule route qui peut tenir un camion et qui vient dans les terres autour du domaine, dit-il. Là, entre deux des collines basses. Donc nous savons par où ils vont arriver.

En regardant les lignes sur le papier, tout semblait très clair.

— Donc je vais là-bas et je les explose en morceaux.

Les lèvres de Marco se retroussèrent.

— Ça semble assez simple.

West d'un autre côté, se renfrogna.

— Tu es fatiguée Ren. Jusqu'à quelle heure es-tu restée dans la salle des archives ?

Je pinçais mes lèvres retenant une réponse honnête et il me jeta un regard noir.

— C'est bien ce que je pensais. Je n'aime pas l'idée que tu ailles là-bas seule. Et s'ils étaient plus nombreux qu'on ne le pense ? S'ils te tirent dessus, tu seras peut-être trop loin du domaine pour revenir.

— Nous avons quelques véhicules dans le garage, commença Nate.

Je pouvais lire la réponse à cette suggestion dans les yeux d'Aaron.

— Cependant, aucun d'entre eux n'est assez solide pour supporter l'assaut d'un fusil automatique, n'est-ce pas ? dis-je. Vous les mecs serez beaucoup plus vulnérable là-bas que je ne le serai. Et ils seront tout aussi contents de vous tuer.

Mes mains se resserrèrent en poings.

— Écoutez, je vais juste survoler et garder un œil sur la zone. Si je les vois s'arrêter ou se préparer à utiliser leurs armes, je les ferai frire avant qu'ils n'en aient l'occasion. Autrement, je les attendrai là. D'accord ? Nous ne pouvons *rien* faire.

West ne semblait pas content, mais il ne s'opposa pas non plus. Aaron acquiesça d'un signe de tête.

— Ça semble être le mieux que l'on puisse faire au vue de la situation.

— Alors vaut mieux que j'y aille avant qu'il ne soit trop tard pour les arrêter de toute façon.

Nous nous rendîmes dans le hall d'entrée à grands pas. Je jetais un coup d'œil vers l'aile réservée aux invités, mais je ne voulais pas réveiller Kylie pour ça. J'avais le pressentiment qu'il y aurait plein d'autres combats auxquels elle pourrait participer.

Sur les premières marches, je me déshabillais et me

transformai aussi facilement que si j'avais fait ça toute ma vie. Mon corps se lança dans les airs. Avec un coup de mes pattes arrière griffues, je m'élançai vers le ciel.

Je tins parole. Alors que les alphas et quelques-uns des gardes que West avait amené avec lui se rassemblaient dans la cour, je planais au-dessus du domaines en donnant de vastes et réguliers coups avec mes ailes de dragonne. Le feu brûlait de sortir de ma gorge. Je ne pouvais m'empêcher de me souvenir du commentaire de cette métamorphe dragonne à propos des fae qui essayaient de voler ces flammes à sa mère.

Je n'avais pas le temps de réfléchir à ce que ça voulait dire. Du mouvement attira mon attention loin en bas, entre les collines.

Les vampires avaient laissé leurs feux avant éteints, puisqu'ils avaient une parfaite vision de nuit et aucun intérêt à nous avertir de leur présence. Mais la lune était assez éclatante pour que ma vision de métamorphe distingue la forme du véhicule qui roulait à une allure de croisière vers nous.

Il devait y avoir assez de lumière pour que les vampires puissent me voir, les attendant contre le ciel étoilé. Le camion avait à peine franchi un quart de la distance entre les collines et les bâtiments du domaine qu'il commençait à ralentir.

Je me préparai, mes muscles se contractant. En quelques grands coups d'ailes, je plongeai plus près d'eux. À la seconde où les vampires allaient s'arrêter ou qu'ils montreraient des signes comme quoi ils allaient débarquer, je devrais plonger. Je devais les brûler avant qu'ils ne puissent tourner leurs armes vers moi.

Cependant, le camion ne s'arrêta pas. À mon mouvement, ils firent demi-tour. Aussitôt que le véhicule se dirigea dans le sens opposé à moi, ils appuyèrent sur la pédale. Le camion s'en alla à toute vitesse dans la direction par laquelle il était venu.

Je me précipitai à sa suite. Serrant mes ailes alors que le vent bourdonnait contre mes écailles. Le picotement dans ma gorge transforma en une brûlure furieuse. À l'arrière de mes pensées, l'écho des coups de feu retentit, la douleur causée par l'impact des balles, le corps de Nate qui s'affaissait l'autre nuit.

Les vampires augmentaient la distance entre nous. Ils étaient presque déjà au col entre les collines. Non, je ne pouvais pas les laisser s'échapper. Je battis mes ailes dans l'air, mes crocs frottant d'irritation.

Une sensation de chatouillement pénétra ma rage. Un tiraillement. J'essayais de m'en débarrasser mais elle s'entortilla autour de mon attention. D'un coup, sa signification me frappa.

Mes âmes-sœurs me rappelaient à la maison.

Mes muscles tressaillirent rejetant l'idée de battre en retraite. Je pouvais continuer, voler plus vite, plus loin, je le sentais.

Mais ce n'était pas le but, n'est-ce pas ? Je leur avais promis. Et la dernière fois que je m'étais laissé emporter par la vengeance, j'avais presque réduit en cendres une forêt. Aussitôt que le camion pris un virage hors de ma vue dans le col, les vamps pouvaient s'arrêter et se préparer à me recevoir avec leur armes.

C'était peut-être même ce qu'ils voulaient, que je continue de les pourchasser.

Une douleur se forma dans ma poitrine. Je ne voulais pas juste les laisser s'en aller. Je voulais tous les réduire en cendres. Mais je me forçai à prendre appui sur le vent et fis demi-tour.

L'odeur des trèfles remplit de nouveau mes narines alors que je planais vers la propriété que j'avais hérité avec mon rôle et j'atterris sur la pelouse du jardin du domaine. Je laissais la transformation venir à moi alors que mes pieds touchaient terre. Je sentais l'herbe douce et fraîche contre ma peau humaine. Puis un bras m'entoura les épaules, m'attirant dans des bras qui me faire une grosse étreinte et qui dégageaient une odeur de pin.

West. Ce qui me restait de colère s'envola alors que je blottissais mon visage au creux de son épaule. Auparavant, ce n'était jamais lui qui venait à moi après une transformation. Mais tout était différent maintenant.

Tout était différent.

Il m'aida à me lever, gardant ses bras autour de moi. Je n'avais pas besoin de son soutien pour me lever, mais c'était plaisant de l'avoir à mes côtés de toute façon. Et j'aimais bien voir de près la légère coloration rouge d'embarras qui montait le long de son cou.

Mes autres âmes-sœurs s'étaient réunies autour de nous.

— Les vamps sont partis, dis-je. Ils m'ont vue et se sont enfuis. Pour l'instant.

Les dernières mots étaient sortis de mes lèvres avec un accent prémonitoire. Nous savions tous qu'ils seraient de retour le lendemain, en plus grand nombre et un plan plus abouti.

— Alors nous devons nous tenir prêts, dit Nate, mais j'attendais la note d'inquiétude dans sa voix.

Ce n'était pas seulement ce domaine mais beaucoup d'autres semblables à travers le pays que nous devions protéger.

C'était trop pour une seule dragonne. Je pouvais admettre ça. Peut-être que c'était même trop pour mes alphas et moi et tous les semblables qui étaient de notre côté.

Si nous pouvions faire appel à des pouvoirs au-delà de ceux de nos semblables, il fallait que je le sache.

Je pris une profonde inspiration et levai mon menton.

— Dès qu'il fera jour, je veux parler aux fae.

16

—Je ne sais pas, Étincelle, dit West en s'enfonçant à travers les broussailles de la forêt dense.

Des brindilles craquaient sous nos pas. Mes alphas et moi nous frayions un passage dans la forêt de l'autre côté de mes collines, pas trop loin de la propriété de la métamorphe dragonne, vers une poche de territoire qui appartenait aux fae. Le ciel était devenu nuageux mais quelques rayons de soleil perçaient à travers, amenant la chaleur de l'été avec eux même de si bon matin.

— Pour une raison de plus que la centaine plus ou moins de récriminations que tu as déjà fait ? demandai-je au métamorphe loup.

West me regarda en plissant les yeux. Puis, son expression s'adoucit alors qu'il enlevait une goutte de rosée fraîche de ma joue.

— Tu n'as pas encore eu beaucoup à faire avec les fae. Je n'ai jamais vu un signe montrant qu'ils ont un sentiment amical envers nous. Même le fanatique de l'histoire là-bas n'a pas entendu parler de relations amicales entre nos communautés.

Il pointa du doigt Aaron.

Ça ressemblait à ses objections précédentes.

— D'accord, mais je *sais* qu'ils ont collaboré avec les métamorphes dragonnes par le passé. Vous avez tous vu ces gravures sur le piédestal dans la montagne. J'ai écouté une métamorphe dragonne d'il y a presque deux cents ans décrire à quel point les fae sont supers.

— Deux cents ans, ça fait un bout de temps, souligna Marco.

— Je sais, dis-je. Et évidemment les relations sont allées de mal en pis, mais…

Je touchais le bras de West avec ce que j'espérais être une caresse rassurante.

— Nous avons besoin d'alliés. Les vampires nous submergent presque. Dans le temps, les fae avaient l'habitude de se tenir à nos côtés. Je ne dis pas de faire table rase des dommages qu'ils nous ont causés. Je dois juste savoir s'il y a quoi que ce se soit que je peux faire pour rétablir le lien, au moins assez pour qu'ils nous aident à repousser les suceurs de sang.

— Tu cherches toujours à voir le bien chez les gens, n'est-ce pas ? dit-il avec un regard sinistre.

Je levai mes sourcils en le regardant.

— Une qualité dont *tu* devrais être particulièrement reconnaissant.

Nate toussa peut-être pour masquer un rire. West jeta un coup en arrière en direction du métamorphe ours en grognant, mais c'était plus pour s'amuser que pour menacer. Il me donna un coup de coude.

— Touché. Et je pense que les fae détestent probablement les vampires autant que nous. Peut-être plus. Si c'est plus, nous serons peut-être capables de travailler sur cette base. Je ne veux juste pas qu'ils s'approchent de mes semblables.

— Je garderai ça à l'esprit.

— Tu es vraiment quelqu'un qui se dépasse constamment, Princesses des Flammes, dit Marco d'un ton moqueur. Il y a quelques semaines nous t'avons attrapé et t'avons dit qu'il fallait unir les groupes de semblables, surprise ! Et te voilà déjà à passer de ça à unir toute la communauté paranormale.

Je souris.

— Et bien, je ne pense pas exactement avoir *fini* d'unifier les groupes de semblables encore. Et je ne sais pas si je vais réussir à unifier quoi que ce soit avec les fae. Nous allons devoir voir ce que ça donne.

— West a raison sur une chose, dit Aaron. Tu peux jouer la carte de leur propre intérêt. Les vampires peuvent facilement décider qu'ils veulent exterminer les fae quand ils en auront fini avec nous.

— Juste une chose ? marmonna West en penchant sa tête.

Aaron rigola.

— Nous verrons pour le reste. Je doute que les ancêtres de Ren ont enregistré des événements qui n'ont jamais eu lieu. Mais je suis d'accord sur le fait que les fae n'ont pas montré beaucoup de signes d'amitié durant mon temps.

Bien, ça semblait faire partie de ma normalité ces jours-ci. Accomplir l'impossible : l'histoire de Serenity Drake. Qui j'aimerais voir jouer mon rôle dans la version cinématographique ?

Nate marqua une pause, touchant une marque sur l'un des troncs d'arbres.

— Nous entrons maintenant dans le territoire du dirigeant local des fae. Peut-être devrions nous taire les commentaires négatifs dorénavant ?

— C'est un bon plan, dis-je en insistant du regard vers West.

Il leva ses mains.

— Je ne vais pas ruiner une mission visant à rétablir la paix, Étincelle ! Mais je ne promets pas non plus de ne pas te dire « Je te l'avais dit » si les choses tournent mal.

Je le regardai puis rouler des yeux.

— Tant que tu le dis pendant que nous occupons ces mains à des choses meilleures, je te promis de ne pas t'en vouloir.

Son regard se fit désireux en un instant.

— Marché conclu.

Voilà, maintenant il souriait de toutes ses dents. Peut-être que cette pensée allait le garder de bonne humeur jusqu'à ce qu'on finisse cette mission.

Les fae ne nous attendaient pas de la même façon que lorsque j'avais rencontré leur monarque il n'y a pas si longtemps. Je m'arrêtai après quelques pas sur le chemin non dégagé à l'orée de leur territoire, me calais contre un arbre et attendis. La dernière chose dont j'avais besoin c'était de commencer des pourparlers impromptus d'un faux pas en déboulant dans leurs territoire. Je pouvais montrer le respect dû à la situation. Je voulais juste qu'ils se rendent compte que j'étais là.

Cela ne prit que quelques minutes. Une figure longiligne et fine se faufila entre les arbres. Toute sa forme brillait d'un reflet qui rendait difficile à dire si elle portait des habits, et si ce n'était pas le cas, à quel point son corps était humain.

— Métamorphes, dit-elle en inclinant légèrement la tête. Dragonne et alphas. Ces terres sont les nôtres.

Je me redressai.

— Je sais. Je voudrai parler à celui qui vous dirige sur ce territoire.

Les yeux de la femme fae brillèrent d'un éclat encore plus profond, comme une pièce de monnaies sous la lumière du soleil.

— À quel propos ?

Je me souvins de la suggestion d'Aaron.

— Une menace d'une grande importance qui pourrait affecter nos deux peuples.

La femme retroussa ses lèvres mais elle hocha de la tête de nouveau.

— Je vais voir s'il est enclin à vous recevoir. Restez ici.

Il y avait une légère note d'accusation dans ses derniers mots, comme si elle pensait que nous allions errer à l'intérieur du territoire des fae dès que nous en aurions l'occasion.

— Ça me va, dis-je en m'adossant de nouveau contre l'arbre.

— Oh oui, dit West dans sa barbe après qu'elle a disparu dans les bois. Je suis très ému par cet accueil chaleureux.

Je lui tirai la langue et puis je priai *vraiment* pour qu'aucun fae ne soit en train de nous regarder.

— Je n'ai pas encore eu l'occasion de plaider ma cause.

Il expira l'air résigné.

— D'accord, si quelqu'un peut les convaincre, c'est toi.

C'était la plus grande preuve de confiance que j'avais jamais reçue de sa part. J'acceptais le compliment ?

— Donc les fae ont des dirigeants en fonction de là où ils vivent ? demandai-je à Aaron, en pensant que l'alpha aigle était le plus susceptible d'avoir une connaissance profonde de ce type de sujets. Je suppose qu'il n'y a pas différents types de fae comme pour les groupes de semblables métamorphes.

Il hocha la tête.

— Les fae ont un lien unique avec la nature. Quand l'un deux naît, c'est en même temps qu'une plante ou un jet d'eau naturel ou quelque chose comme ça. C'est comme s'ils poussaient en colonies avec tous les ces éléments auxquels ils sont connectés dans leur entourage.

Une pensée glaçante me frappa.

— Que se passe-t-il s'ils sont obligés de quitter l'endroit où ils sont connectés à la nature ? Par exemple, si les humains emménagent dans cette zone ?

— Je ne suis pas sûr, dit Aaron. La rumeur dit qu'ils se fanent au bout d'un certain temps loin s'ils sont obligés de partir. Nous avons quelques rapports de fae qui sont morts si leurs possessions connectées sont tout simplement détruites. Le lien est très fort.

Ça signifiait que l'envahissement des humains avait un impact plus fort sur les fae que sur nous. Les métamorphes pouvaient déménager tant qu'il restait des territoires vides. Les fae n'avaient pas ce luxe.

Un murmure cristallin fut transporté par la brise vers nous, faisant se dresser les poils dans ma nuque. Je me redressai complètement. Une seconde plus tard, un fae brillant apparut au milieu de notre clairière.

Il n'était pas aussi impressionnant que la monarque fae que j'avais rencontrée près du domaine d'Aaron, mais je supposais qu'on pouvait s'y attendre. Il n'était que le leader local. Le fae brillait cependant plus que la fae de rang inférieur qui l'avait mené à nous. Il se tenait le menton haut et les épaules en arrière. Comme tous les fae, son corps était grand et mince, mais il était plus grand que la plupart ; son menton bosselé presque à hauteur du front de Nate. J'étais prête à parier que le métamorphe ours devait peser cependant une cinquantaine de kilos de muscles que lui.

— Mon nom est Cerimon, le fae dit. Je prends soin de cette partie des bois. Que venez-vous faire ici métamorphe dragonne et alphas ?

Il ne s'embarrassait d'aucun signe de respect, mais la monarque fae ne s'était pas inclinée un tant soit peu devant nous non plus. Ça ne m'importait vraiment. Je ferai mieux d'aller au cœur du sujet.

— Je ne sais pas à quel point vous êtes au courant de ce qui se passe à l'extérieur de ces bois, dis-je. Mais les métamorphes ont été attaqués par les vampires. Ils ont déjà massacré tous ceux qu'ils pouvaient atteindre dans plusieurs villages. Ils ont presque tué une de mes âmes-sœurs. Ils utilisent les pires armes à feu et ils semblent déterminés à continuer jusqu'à nous avoir tous détruits.

Cerimon hocha discrètement la tête. Je ne saurais dire s'il confirmait avoir entendu parler de ces événements ou s'il m'entendait maintenant.

— Et en quoi cela nous concerne ?

Je réprimai l'envie de lui faire une grimace.

— J'ai appris que les métamorphes dragonnes et les fae étaient autrefois alliés.

Je touchai ma gorge.

— J'ai en moi le pouvoir que mes semblables et les vôtres ont créé ensemble. Je sais que dans le dernier siècle nos relations ont été… tendues, mais j'espérais qu'il y avait toujours moyen de parler au moins sur une façon de travailler ensemble pour combattre notre ennemi.

— Votre ennemi, on dirait bien, dit le chef des fae.

— Ils vont probablement devenir les vôtres aussi si vous ne faîtes rien, dit Aaron d'une voix posée.

— Vous pensez vraiment pouvoir vous défendre si les suceurs de sang décident de débarrasser le pays des fae aussi ? demanda Marco.

Je fis signe à mes âmes-sœurs de se calmer. Cerimon fronçait les sourcils.

— Vous pouvez dire ça, dit-il. Mais nous avons eu plus de problèmes avec votre genre qu'avec les vampires récemment.

Son regard glissa vers Nate.

— Quid du groupe de vos semblables qui se sont établis à l'orée de notre territoire au Nouveau Mexique et qui ont coupé un de nos arbre pour en faire du feu de bois ?

Un frisson me parcourut jusqu'à l'échine. Nate leva les bras au ciel.

— Les fae qui sont dans cette zone ne sont pas venus à la rencontre de mes semblables du tout. Ils ne savaient pas que l'arbre était spécial.

— Il était marqué, répondit Cerimon d'un ton sec. Nous avons perdu une vie.

— Et nous avons fait tout ce que nous pouvions pour réparer nos tords.

Comment pouvez-t-on se faire pardonner d'avoir coupé court à une vie ? Mon estomac commença à se brasser. Le regard du chef de fae se braqua sur Marco.

— Et vos semblables félins. Je ne peux même pas compter le nombre de fois où l'on m'a mentionné vos semblables qui cachaient des branches et écrabouillaient des buissons alors qu'ils erraient, sans prêter aucune attention aux terres sur lesquelles ils s'aventuraient.

— Croyez-moi, répondit Marco sèchement. Je sais à quel point mes semblables peuvent être frustrants. Je les aurai bien tenus en laisse mais les chats n'aiment pas les laisses pour commencer. Je fais ce que je peux. Et nous avons aussi offert une compensation au besoin. Je vous promets que c'était juste de l'inattention, pas de la malveillance. Il n'y avait aucune intention de vous faire du mal.

— Et tu.

L'attention de Cerimon se porta sur West.

— Vos gens ont pris le contrôle d'une étendue entière de forêt qui avait été la nôtre non loin de votre domaine, et nous ont attaqués lorsque les faes ont essayé de la reprendre.

Les lèvres de West se retroussèrent pour montrer ses dents. Oh Oh.

— Les fae chez moi ont appliqué leur propre compensation en explosant tous les métamorphes qu'ils ont croisé avec leur magie, dit-il dans une voix qui ressemblait plus à un grognement. Et c'étaient des terres qui selon nos dernières informations vous aviez abandonné. Si les fae étaient venus m'en parler de façon pacifique, j'aurai déplacé le nouveau village. Au lieu de cela, vous avez tué huit de mes semblables.

— Et combien des nôtres pensez-vous que nous avons perdu à cause de vos « erreurs et votre « inattention » ? rétorque le chef des fae.

Il se retourna vers moi.

—Je sais que vous êtes nouvelle dans votre rôle parmi les métamorphes. Je ne vais pas vous blâmer pour ce qui a été fait avant que vous n'arriviez aux commandes de vos semblables. Mais j'ai toutes les raisons de croire que l'on ne peut pas vous faire confiance à vous les métamorphes.

— Je suis désolée, dis-je en le pensant vraiment.

Je ne savais pas ce qui s'était passé exactement dans chacune des situations qu'il avait mentionnées... mais je pouvais comprendre à quel point ça semblait mal du côté des fae. Mes alphas croyaient au fait que leurs semblables n'avaient pas de mauvaises intentions et que les fae devaient être en faute. Comment pouvais-je blâmer les fae d'avoir pensé la même chose ? Je commençais à suspecter que si nous regardions n'importe lequel de ces incidents de façon plus minutieuse, la vérité se trouverait à mi-chemin entre les deux points de vue.

— Tout ce que je peux faire c'est vous rappeler notre histoire, continuai-je. Nous nous sommes disputés, nous nous sommes battus, mais nous avons aussi apprécié les mêmes choses, n'est-ce pas ? La vie, errer dans la nature, des terres où nous pouvions être nous-même loin des êtres humains. De ce que j'ai vu, les vampires n'ont que faire de tout ça. Ils *veulent* probablement plus de villes, plus de monde, afin d'avoir plus de victimes pour se nourrir.

La mâchoire de Cerimon tressauta. Ses yeux s'assombrir. Non, il n'aimait pas du tout les vampires, lui non plus.

Je sentis une brève lueur d'espoir. Puis, le chef des fae tourna sur ses talons, me tournant le dos.

— C'est ce que font les métamorphes, dit-il par-dessus son épaule alors qu'il s'en allait. Ils demandent et ils prennent, et ils prennent mais quand est-ce qu'ils nous donnent quelque chose en retour ? Si vous souhaitez un compromis, toute sorte de collaboration, je peux vous dire une chose pour sûr. Il va nous falloir plus que des paroles pour vous croire.

17

— C onnards têtus, grommela West alors que nous nous dirigions du hall de mon domaine vers la salle à manger principale.

C'était tôt pour déjeuner, mais nous avions pris notre petit-déjeuner à l'aube, donc j'étais plus que prête à avaler tout ce que le chef avait préparé. Même si mon estomac semblait être fait majoritairement de nœuds en ce moment.

— On a un lourd passif, dis-je.

Je n'avais pas eu à poser la question pour savoir qu'il pestait toujours contre les fae.

— Il est évident que l'histoire récente n'a pas été des meilleures. Je comprends pourquoi ils n'ont pas confiance en nous.

— Il a présenté les choses comme si nous faisions n'importe quoi, ruinant tout ce qui est à eux. Bien sûr qu'il n'a pas mentionné toutes ces fois où *ils* se sont introduits dans nos territoires ou qu'ils s'en sont pris à nous sans réelle provocation. Cette attaque dans les terres près de mon territoire ? Ils avaient fait quelques commentaires déplacés puis moins d'un jour plus tard, ils ont débarqué déversant leur rage parce que nous n'avions pas réalisé qu'ils avaient changé d'avis.

— Hey, je le retins en arrière alors que les autres alphas continuaient vers la salle à manger. Tu sais que je ne pense pas que tes semblables — *nos* semblables —méritaient ce qui leur est arrivé là-bas, n'est-ce pas ? Je ne dis pas que les fae ont toujours eu raison. Que diable, ils auraient dû laisser ma mère tranquille. Et puis bien sûr que mes histoires qu'ils se transmettent les font toujours paraître en victimes. C'est le gros bazar en ce moment. Mais peut-être que si nous dénouons la situation, nous pouvons trouver un moyen pour nos deux peuples d'en sortir plus forts.

La bouche de West se tordit. Sa frustration était apparente dans chaque parcelle de son corps, depuis l'éclat dans ses yeux à la tension dans ses membres. Mais comme je soutenais son regard, ses épaules se décontractèrent. Il avait sa salive de façon audible et se penchant plus près de moi, sa joue caressant la mienne.

— Tu sais que toute cette gueulante n'est pas une attaque contre toi, n'est-ce pas ? dit-il, sa voix rauque se faisant soudain douce. Je ne crois pas aux fae, mais je crois en toi.

— Je sais, dis-je. Et c'est une bonne chose. Parce que c'est tout ce dont j'ai besoin.

Je touchais le côté de son visage et il se tourna pour m'embrasser. Assez brièvement, mais avec assez de désir pour me faire souhaiter que nous n'ayons pas toute une compagnie qui nous attendait pour le déjeuner. Mon âme-sœur était beaucoup plus délicieuse que n'importe quel festin qui nous attendait là-bas.

West émit un son de frustration comme s'il pensait la même chose.

— Je ne pensais pas que je pouvais te désirer autant que je ne le faisais déjà, murmura-t-il. Mais maintenant que je peux t'avoir… Tu n'as aucune idée à quel point j'ai envie de te t'amener au lit et de t'y garder pour au moins une journée entière.

Un frisson d'enthousiasme me picota.

— Ce plan m'a l'air excellent une fois que tout ceci sera terminé, dis-je.

Il me fit un large sourire.

— Je compte là-dessus alors.

Les autres alphas étaient déjà en train de se servir de la nourriture des bols et des plateaux étalés le long de la longue table. Une forte odeur dans l'air m'informa qu'il y avait des œufs mimosa et de la salade de betterave parmi les offrandes. Kylie était assise de l'autre côté de la chaise qui m'avait été réservée, à côté des autres semblables qui nous avaient rejoints. Je ne fus nullement surprise de voir que Felix avait pris la place en face d'elle.

— Vas-tu réellement manger tout ça ? disait-elle avec de grands yeux pendant que je m'asseyais.

Il y avait assez de nourriture empilée sur l'assiette de Felix pour former une montagne.

Le métamorphe renard brandit sa fourchette et se pourlécha les babines.

— Tu peux le croire. Il faut bien donner de l'énergie à ces muscles, tu sais.

Il contracta son biceps fuselé.

Kylie gloussa- son gloussement de flirt, pas celui de dédain. Elle posa son menton sur ses bras croisés alors qu'elle le regardait avec des paupières à moitié fermées.

— Et bien, je ne peux pas disputer l'importance de garder ses muscles en bon état.

Je levais un sourcil dans leur direction pendant que je me servais des œufs.

— Vous vous entendez bien tous les deux.

— Felix m'a très clairement montré qu'il était désolé d'avoir douté de ma magnificence, dit Kylie en souriant. Et il se trouve qu'il était déjà venu dans cette maison pour faire de la maintenance, donc il sait où se trouvent *toutes* les bonnes choses.

— J'espère que tu ne m'en veux pas d'avoir fait faire le tour à ton amie, métamorphe dragonne, me dit Felix. Je dois admettre que je deviens adepte du temps que je passe avec elle.

Il fit un clin d'œil à Kylie.

— C'est mieux ça que vous vous sautiez à la gorge, dis-je.

Bien que j'avais le sentiment qu'ils se sont sautés à la gorge, d'une façon plus joyeuse. C'était une bonne chose que Kylie se fasse plaisir plutôt qu'elle ne stresse à cause de missions où je ne pensais pas prudent de l'embarquer avec nous. C'est drôle comme elle avait trouvé ce plaisir auprès du seul mec qui avait douté d'elle quand elle est arrivée.

Le téléphone de Kylie sonna. Et sonna encore. Elle le tira de sa poche pour lire les messages, ses sourcils se fronçant. Après avoir écrit quelques messages et avoir lu les réponses, elle nous jeta un coup d'œil aux alphas et moi.

— Tu te souviens du frère de cette connaissance qui travaille pour la compagnie d'équipement en sécurité ? Ils ont reçu une commande ce matin pour des camions blindés. De différents endroits du pays, mais inclus la ville où tu as dit qu'il y avait une grande communauté de vampires. Les camions devraient être livrés ce soir. On dirait que c'est plus qu'une coïncidence, ne penses-tu pas ?

Mes épaules se contractèrent.

— En effet. Un camion blindé pourrait traverser un brasier, n'est-ce pas ?

— Peut-être même qu'il pourrait passer à travers nos portes, dit Nate, le visage s'assombrissant.

— Qu'en est-il de ton feu de dragonne ? dit Kylie. J'ai vu la façon dont tu peux faire fondre les choses. Tu pourrais toujours t'occuper d'eux n'est-ce pas ?

— Seulement là où je me trouve. S'ils attaquent toutes nos communautés avec ces camions…

Je posais ma fourchette. Un frisson m'avait submergé, si intense que je ne pensais pas pouvoir avaler une autre bouchée.

Je pourrais peut-être protéger un domaine mais les autres… Nous ne pouvions évacuer tout le monde. Que dirions-nous aux autres semblables ? Juste de s'enfuir et de se cacher où ils le pouvaient ?

— Nous allons trouver une solution, dit Felix en regardant Kylie plutôt que moi.

Il ne pouvait pas feint l'inquiétude, non seulement pour nous les métamorphes mais aussi pour elle, qui brillait dans ses yeux.

— Nous n'avons jamais laissé les suceurs de sang nous battre auparavant.

Kylie lui adressa un doux sourire, passa sa main devant la table pour prendre la sienne. Je les regardais, une lente chaleur s'étalant en moi, faisant régresser le frisson. C'était magnifique la façon dont ces deux, qui avaient passé leur première rencontre à se jeter des regards mauvais, trouvaient maintenant du réconfort dans la présence l'un de l'autre.

C'est comme ça que les choses se passaient parfois, n'est-ce pas ? Regardez comment West et moi étions en train de nous câliner il y a juste quelques minutes. Lui et moi non plus n'étions pas partis d'un bon pied. Et maintenant, la pensée qu'il me soit enlevé était physiquement douloureuse. Tout ce caractère bourru et ces critiques s'étaient adoucis comme il voyait qui j'étais et qui je pourrais être.

Tant d'angoisse et de blessures pourraient être évitées si vous preniez la peine de juste connaître la personne.

Cette pensée s'ancra avec une force inattendue dans mon esprit. Il ne tenait pas qu'à mes alphas et à moi de sauver nos semblables. Je n'avais pas donné toutes ses chances à notre autre option. Je *devais* essayer, avant que nous ne perdions tout. Nous ne pouvions pas comprendre comment les fae nous voyaient, et ils ne pouvaient pas comprendre pourquoi nous avions peur d'eux, ou pourquoi nous étions prêts à leur faire confiance de nouveau. Mais peut-être que si nous les laissions nous connaître, si je pouvais leur montrer…

Je repoussai ma chaise. Tout le monde me regarda.

— Ren ? dit Nate.

Je balayais leur attention d'un geste de la main.

— Je viens juste de penser à quelque chose qu'il fallait que je fasse. Je ne quitte pas la maison. Je serai bientôt de retour, je pense.

Je me précipitais depuis le salon vers l'arrière de la maison, à la porte qui menait aux archives. La lumière scintillait en bas alors que je me dépêchais de descendre les marches. Les deux principales tablettes de cristal que j'avais écoutée : celle qui détaillait comment les métamorphes dragonnes et les fae avaient travaillé main dans ma main, et celle qui expliquait comment nous nous étions séparés, depuis notre point de vue, étaient posées sur la table où je les avais laissées.

Un point de vue impartial, je sais. Mirabel avait semblé si certaine que les fae avaient tort. Mais elle s'était rendue à la réunion avec la monarque déjà convaincue que ses soupçons seraient justifiés. Peut-être même qu'elle voulait qu'ils le soient. Si je pouvais montrer aux fae d'aujourd'hui que je comprenais notre histoire...

Je ne pouvais pas les mener là en bas. Ça du moins, je le savais. Si la pièce n'acceptait même pas mes alphas, ce n'était même pas envisageable pour des non-métamorphes. Mais peut-être que... Peut-être que je pouvais apporter cette preuve aux fae.

Je pouvais donner au lieu de demander à prendre. Mes bras tremblèrent alors que je remontais les marches, les tablettes accrochées à ma poitrine. Pendant un instant, je pensais que la pièce allait m'empêcher de sortir avec elles. Mais je franchis la première marche et pénétra l'air léger du hall sans aucune restriction.

Pour ce que j'en savais, les fae ne pourraient pas les

utiliser de toute façon. C'étaient de précieux enregistrements historiques. Si j'avais tort de les sortir de la pièce, si les archives étaient perdues d'une quelconque façon…

Je regardais dans le hall. Dans mon esprit, je me vis quand j'étais une petite fille, crapahutant dans la maison. Je ne pensais pas que quelqu'un voudrait me faire du mal à moi ou à ma famille. Je ne m'inquiétais jamais de qui pourrait venir depuis la route.

C'est ce que je voulais pour mes enfants. Ils méritaient de grandir sans la peur au-dessus de leurs têtes. Si c'était ça qu'il fallait pour en finir avec les menaces auxquelles on faisait face une fois pour toute, alors, je prendrai ce risque. Pour eux, et tous les enfants métamorphes qui n'étaient pas encore nés.

Je transportais les tablettes depuis le hall jusqu'à la salle à manger. Quand je fus au niveau de la porte, je m'éclaircis la gorge. Mes âmes-sœurs et Kylie et les semblables réunis arrêtèrent leur conversation tendue pour me regarder.

— Ça ne suffisait pas de parler aux fae locaux, dis-je. Je dois parler à la monarque. Maintenant, avant que les vampires n'aient une autre opportunité d'attaquer. Le jet est toujours là. Peut-on aller à ton domaine Aaron ?

L'alpha aviaire se leva.

— Oui, dit-il. Es-tu-sûre ? Nous pouvons barricader cette maison aussi sûrement que possible mais les vampires qui ont fait du repérage la nuit dernière seront probablement de retour.

Mon estomac se noua, mais je hochais quand-même la tête. S'ils détruisent la propriété, nous n'aurons qu'à en reconstruire une autre quand nous en aurons fini avec eux.

S'ils viennent avec des renforts, c'est probablement mieux qu'on ne soit pas là de toute façon. Nous ne sommes pas assez nombreux pour défendre les lieux.

Le regard d'Aaron se posa sur les tablettes dans mes bras, mais il ne posa pas de question. West se mit debout à ses côtés et fit signe à ses semblables.

— Vous avez entendu la métamorphe dragonne. On y va.

Le soleil était encore haut dans le ciel alors que le jet permettait de voir le domaine aviaire. Je regardais alors que le domaine s'élargissait en contrebas, mon visage presque pressé à la vitre.

La dernière fois que nous avions fait des pourparlers avec la monarque des fae, ça nous avait pris un peu plus d'une heure pour atteindre le lieu du rendez-vous, sur un espace neutre entre son territoire et celui d'Aaron. Aaron avait appelé un de ses semblables pour qu'il la contacte immédiatement alors que nous plions bagage au domaine de la métamorphe dragonne, mais je ne savais même pas si elle acceptait de me voir.

La dernière fois que nous nous étions rencontrées, j'avais déversé sur elle mes flammes révélatrices de vérité que son peuple avait aidé à créer et je l'avais forcé à admettre plus qu'elle ne l'aurait voulu. C'était toutes des choses que nous méritions de connaître, mais je ne pouvais imaginer qu'elle se sente particulièrement contente de moi ou de mes alphas en ce moment.

— Nous avons du temps, m'assura Aaron depuis son

siège qui se trouvait derrière le mien. Le soleil ne va pas se coucher avant des heures.

— Je ne sais pas combien de temps nous devrons l'attendre, dis-je.

Aussitôt que les mots sortirent de ma bouche, je fus frappé par le fait que ce n'était pas les bons. *Nous.* Ça n'allait pas.

Une lourde certitude m'envahit. Je regardais les tablettes, ces souvenirs de cristal qui n'étaient destinés qu'à moi. Avec les gravures de fae et de dragonne. Ça avait toujours été avec les métamorphes dragonnes que les avaient parlé quand ils avaient noué des alliances avec notre espèce. Ils avaient vu ma mère comme leur plus grosse menace… mais par le passé, ils avaient vu les femmes de son genre comme leurs plus grandes alliées.

L'avion toucha la piste d'atterrissage avec une secousse et un crissement de ses pneus. J'étais hors de mon siège au moment où l'appareil s'était arrêté un peu brusquement.

— Une voiture devrait nous attendre pour nous amener sur la plupart de notre chemin vers le rendez-vous, dit Aaron alors que nous descendions précipitamment les marches. Nous pouvons…

— Attendez.

Je levais ma main pour le tenir lui et les autres alphas en arrière.

Kylie me regarda avec curiosité, mais je lui fis signe d'aller avec le reste de mes semblables. Mes âmes-sœurs m'entourèrent.

— Que se passe-t-il princesse ? demanda Marco.

Je pris une profonde inspiration.

— Je pense que j'ai besoin d'y aller seule. Juste la

monarque et moi. Et si elle amène des renforts, tant pis. Elle doit voir que je lui fais confiance. Elle doit savoir à quel point je veux que ça marche.

West se hérissa, comme je savais qu'il allait le faire.

— Non, Étincelle, c'est trop dangereux. Elle a essayé de te *tuer* la dernière fois.

— Pas elle, lui rappelai-je. Un autre fae, qui avait agi sans qu'elle en ait connaissance. Ne pas décourager quelque chose est différent du fait d'en donner l'ordre. Et elle a juré de ne plus laisser quelque chose de ce genre se passer de nouveau.

— J'ai foi en ton jugement, Ren, dit Nate. Mais je n'aime pas ce que j'entends non plus. Nous pourrions t'accompagner au lieu du rendez-vous, mais rester en retrait de l'endroit exact, plus bas sur le chemin.

Je secouai la tête.

— Ça donnera l'impression d'un geste vide de sens. Aaron, j'ai besoin qu'un des tes semblables me conduisent là-bas, et je ferai le reste du chemin seule. Je volerai sous ma forme de dragonne depuis la route, ce ne sera pas facile pour eux de tendre des pièges ainsi. Si cette tentative devait fonctionner, je peux sentir que c'est comme ça que ça doit se faire.

Même Marco fronçait des sourcils. Le visage de West était devenu tout sombre. Ça me démangeait de voir à quel point ils étaient inquiets. Je le sentais dans les traces d'irritation à travers notre lien. Mais ma certaine était plus profondément ancrée.

— J'en ai fait du chemin depuis notre première rencontre, ajoutai-je. Je peux m'occuper de ça. Vous *savez* tous que je le peux.

West laissa échapper un pff sec.

— Tu le peux. Et on le sait. Juste…

Il capta mon regard, le sien inquisiteur, avec tellement d'inquiétude et d'affection dans ses yeux que cela me fit mal au cœur.

— Sois prudente avec les fae. Et reviens aussi vite que tu le peux.

Si même West était d'accord, il n'y avait pas grand-chose que les autres alphas pouvaient dire. Mes mains se crispèrent autour des bretelles du sac qui contenait les tablettes.

— Je le serai. Je le promets. Maintenant, où est cette voiture ?

18

Aaron

Je reposais mes mains sur la rambarde du balcon qui avait été réchauffée par le soleil et regardais en contrebas la cour. Elle était aussi remplie que quand j'étais arrivé avec Serenity il y a quelques semaines. Mais en ce moment, l'énergie autour du domaine était stressante et non plus festive.

Tout le monde savait que les vampires seraient de retour pour une autre attaque cette nuit. Plus de bois avait été entassé par-dessus les cendres du cercle de protection de la nuit dernière. Mes gardes faisaient des rondes avec beaucoup de précaution autour des murs et ils prenaient des tours de garde plus loin, gardant l'œil et le bon bien avant le coucher du soleil.

Nous n'avions encore parlé à personne des camions blindés. Je ne voulais pas créer un mouvement de panique jusqu'à ce qu'on sache le résultat du dernier plan de Serenity.

Des traces de pas résonnaient contre le sol derrière moi. Ma sœur vint à la rambarde, y posa ses coudes et regarda la foule.

— Nous nous sommes bien défendus ces deux dernières nuits. Ils n'ont pas encore gagné.

— Non, dis-je. Mais il n'en étaient pas loin. S'ils arrivent à avoir un atout…

La bouche d'Alice se pinça.

— Tous ceux qui en sont capables sont prêts à défendre nos murs. Les éclaireurs le long des routes vont nous alerter dès que les suceurs de sang montreront leur face. Nous avons des barils d'essence en plus ; tout le monde a sur lui un briquet…

Elle marqua une pause.

— Mais ouais. Je ne sais pas combien de temps nous pourrons continuer comme ça. D'autant plus si les vamps augmentent les enjeux.

— Et bien, dans ce cas, tout ce que nous pouvons espérer c'est que nous pourrons en faire de même.

— Ouais.

Elle jeta un regard dans la direction où Serenity était partie.

— Penses-tu vraiment que les fae vont accepter de nous aider ?

C'était une question que je m'étais beaucoup posée ce dernier jour.

— Je pense que Serenity fera tout ce qu'elle peut pour les convaincre. Peut-être que ce sera plus facile pour elle de trouver un moyen de réparer les dommages qui ont été causés entre nous… Elle a des informations qu'aucun de nous n'avait auparavant, à l'exception des métamorphes dragonnes, et elle regarde le problème avec un œil nouveau, sans les décennies de préjudices déjà ancrés en elle.

— Il y a des préjudices et des jugements qui tombent sous le sens, dit Alice. Je suppose que la question la plus importante est de savoir si tu penses réellement que l'on peut *avoir confiance* en eux, s'ils proposent de nous aider.

C'était aussi un sujet sur lequel je réfléchissais. Je me frottais la bouche.

— Je ne sais pas. Serenity s'est montrée un bon juge des caractères jusqu'à présent.

— Mais elle est toujours en train d'apprendre.

— Oui c'est le cas.

Je n'avais pas besoin d'en dire plus. Je savais que ma sœur pouvait déceler le nœud dans lequel se trouvaient mes émotions. Serenity était en chemin pour rencontrer la monarque des fae, la plus puissante de ses frivoles mais puissants êtres, toute seule. Notre métamorphe dragonne était puissante, et le devenait un peu plus chaque jour, mais si la monarque trouvait un moyen de rompre le traité pour lequel elle avait donné sa parole... Je ne savais pas si je reverrai mon âme-sœur de nouveau.

— Devrions-nous nous préparer à *les* recevoir ? dit Alice avec précaution. Les fae je veux dire.

— Comment ça ?

— Suis-moi.

Je la suivis le long à travers la maison puis dans le garage faiblement éclairé à l'arrière. Un camion était arrivé avec plusieurs barils d'essence. Une forte odeur chimique s'en dégageait. Alice fit un signe de tête en leur direction, croisant ses bras contre sa poitrine.

— Nous avons plus que ce qui est nécessaire, dit-elle. Nous pourrions envoyer quelques-uns des nôtres avec ces barils si nous pensions qu'ils seraient plus utiles… autre part.

J'étudiais son expression.

— Autre part, comme où, par exemple ?

— Les fae ont besoin de leurs terres sacrées pour survivre, n'est-ce pas ? Sur la plante de leur choix ou je ne sais quoi. Nous pourrions avoir une équipe prête à agir près du territoire de la monarque au cas où la situation semble tourner au vinaigre. Elle serait prête à brûler la forêt entière si c'est qu'il faut pour nous donner un avantage.

C'est bien là où elle voulait en venir comme je le suspectais. Ma poitrine se contracta. Était-ce ce à quoi nous étions réduits ? Nous préparer à détruire les gens avec qui nous espérions former une alliance, avant même d'avoir essayé de travailler ensemble ?

Serait-ce stupide de ma part de dire non et de laisser mon peuple encore plus vulnérable ?

— Depuis quand es-tu devenue une telle pessimiste ? demandai-je en reculant le moment où je devais répondre à la vraie question.

Alice me fit un sourire moqueur.

— Quand j'ai réalisé qu'il n'y avait aucun moyen sur terre qu'on repousse une armée de vampires et un contingent de fae en même temps.

Clairement. Je regardais le camion, me concentrant sur le rythme de ma respiration. J'essayais de trouver un chemin solide à travers toute cette incertitude autour de moi. J'étais celui qui prêchait toujours d'écouter notre raison plutôt que notre instinct animal, n'est-ce pas? Et ce désir de nous défendre contre une menace qui n'existait même pas encore, c'était de la pure peur animale. Je la ressentais avec une douloureuse acuité le long de mon échine.

J'avais donc ma réponse.

— Non, dis-je, mon cœur battant plus vite alors que je disais les mots. Nous ne pouvons pas entrer dans une alliance en étant déjà sur le point de réduire leurs maisons en cendres.

— Aaron, dit ma sœur, mais je la coupais en secouant ma tête.

— Serenity a vu sa propre mère mourir aux mains des fae, dis-je. Elle est toujours partante pour leur donner une chance malgré ça. Si elle peut être aussi généreuse, nous le pouvons aussi.

~

Ren

La clairière où nous nous étions rencontrés avec la monarque des fae semblait si petite depuis là-haut. Les petites fleurs roses se fondaient presque parmi le vert de l'herbe.

Il n'y avait aucun signe de la monarque ou d'un fae pour l'instant. Mes narines ne distinguaient aucune odeur qui m'inquiétait, seule l'odeur de la flore sauvage avec une légère touche de douceur florale.

Je planai au-dessus des arbres, les feuilles bruissant sur mon passage, et j'atterris au milieu du champ. Avec une secousse, mon corps de dragonne se contracta pour retrouver forme humaine. J'avais laissé tomber le sac en cuir que j'avais emporté à côté de moi. J'en sortis la robe que j'avais prise et la passai par-dessus ma tête, et laissai les tablettes en cristal dans le sac. Si je devais me retransfomer pour partir précipitamment, je voulais être capable de prendre rapidement ma cargaison avec mes serres de dragonne.

J'attendis seulement une minute ou deux avant que la haute figure filiforme de la fae, avec une couronne de lianes vivantes, ne sortit du bois de l'autre côté du terrain. Elle n'était pas accompagnée d'une délégation cette fois.

Je pris une inspiration, testant l'air. Une odeur écœurante, que je ne pouvais lui attribuer à elle seule, s'était infiltrée dans l'air. Je la suspectait d'avoir amené avec elle de la compagnie mais qu'elle les avait laissés en arrière dans la forêt quand elle a vu que j'étais seule.

Bien, c'était assez correct. Je ne pouvais pas la blâmer de prendre ses précautions. Le fait qu'elle soit venue ici pour me rencontrer sans garde à ses côtés, alors que je pouvais me transformer en dragonne en un éclair, était un geste de confiance en soi.

Elle s'arrêta à quelques pas de moi, les épaules en arrière, la tête haute. J'avais presque oublié ces yeux, grands et brillants comme des diamants noirs contre sa peau pâle. Le blond argenté des vagues que faisaient ses cheveux semblait l'habiller presque autant que sa robe fine mais élégante.

Je supposais que je paraissais moins élégante que la dernière fois, avec mes cheveux ébouriffés par le vent et cette robe que j'avais choisie pour sa praticité plutôt que pour l'apparence. Mais je n'étais pas ici pour essayer de l'impressionner cette fois. Je voulais juste qu'elle écoute.

—Merci d'être venue, dis-je. Je sais que vous n'y étiez pas obligée.

La monarque accepta ma remarque en clignant lentement des cils.

— Je suppose que vous n'auriez pas fait une requête si urgente sans une bonne raison. Seul un fou évite les renseignements dont il pourrait avoir besoin.

D'accord, donc elle n'avait pas une personnalité plus chaleureuse que la dernière fois qu'on s'était vues, mais je n'en attendais pas moins.

— Vous êtes au courant que les vampires sont en train de nous attaquer, dis-je. Ils ont dit qu'ils voulaient éradiquer les métamorphes complètement. Ils sont en train de tuer mes semblables des façons les plus cruelles, des personnes innocentes qui ne leur ont rien fait.

Sa mâchoire se crispa.

— J'en ai entendu parler.

Je n'arrivais pas à lire son expression.

— Vous n'êtes pas de leur côté, n'est-ce pas ? Je sais que nous avons eu nos conflits, je sais que vous avez bien voulu regarder ailleurs alors que votre peuple s'en prenait à nous, mais vous ne cautionnez pas le massacre pure et simple, n'est-ce pas ?

Je ne pouvais me tromper sur le rictus de ses lèvres et la flamme dans ses yeux en ce moment. C'était de l'horreur.

— Absolument pas, dit-elle sèchement. Nous protégerons les nôtres si le besoin s'en fait ressentir, mais tuer sans raison est complètement abominable. Les *vampires* sont abominables. Nous sommes d'accord pour maintenir la paix avec eux tant qu'ils nous offrent la même chose en retour.

C'était un pas dans la bonne direction.

— Et vous pensez vraiment que vous pouvez leur faire confiance pour qu'ils vous laissent en paix si vous les laissez nous exterminer sans mot dire ? Une fois qu'ils ont annihilé les métamorphes, qu'est-ce qui les retient de s'en prendre à vous ensuite ?

— C'est une question sur laquelle j'ai beaucoup réfléchi.

Mais en avait-elle tiré des conclusions ? Elle ne voulait évidemment pas me rendre la conversation facile.

Je me penchais et ramassais mon sac.

— Je pense que nos deux peuples se porteraient mieux si nous mettions de côté nos griefs l'un envers l'autre, au moins assez longtemps pour repousser cette menace. Mais je ne suis pas venue juste pour vous demander de m'offrir votre aide. Je voulais vous offrir quelque chose en premier. Je veux que vous puissiez voir comment les relations entre les métamorphes et les fae ont été perçues depuis notre point de vue.

Je sortis les cristaux. Les yeux de la monarque s'écarquillèrent.

— Mes ancêtres métamorphes dragonnes enregistraient des bout de notre histoire dans ces tablettes, dis-je. Certaines de ces histoires sont en relation avec les fae. Afin que nous puissions apprendre de ce qui s'est passé avant. C'est ce que j'ai essayé de faire. Et je n'aime pas que nous soyons quasi-ennemis avec vous alors que je sais que les choses peuvent être différentes. Personne n'a jamais vu ces tablettes à l'exception des métamorphes dragonnes auparavant. Mais je pense que vous le méritez.

Je lui tendis l'enregistrement le plus récent. Elle regarda les gravures.

— Qu'y a-t-il dans celle-ci ?

— Le récit d'une métamorphe dragonne sur la plus importante querelle entre nos peuples, dis-je. Pouvez-vous l'activer ?

— Je pense…

Elle traça ses long doigts fins sur l'image et hocha la tête. Ses yeux se fermèrent. Une lueur se déversa du cristal, augmentant le brillance de sa peau.

Est-ce que je m'illuminaient ainsi quand j'accédais aux archives ou était-ce à cause de sa magie ?

Elle avait dû être capable d'absorber le récit beaucoup plus vite que moi. Après juste quelques minutes, elle cligna des yeux puis les ouvrit. Une couleur violacée colorait ses joues.

— Ce n'est pas du tout comme ça que c'est arrivé. Votre métamorphe dragonne a refusé de ne serait-ce que de venir avec les métamorphes responsables devant notre monarque pour qu'elle puisse leur parler directement. Elle n'avait accepté aucun compromis. Et cette partie sur le fait de voler votre feu… nous n'avons jamais voulu vous *voler* quoi que ce soit.

— Hé, dis-je en levant les bras. Je ne pensais pas que tout ce qu'elle disait était la stricte vérité. Je voulais juste que vous voyiez ce que toutes les métamorphes dragonnes avant moi avaient eu comme information. C'est comme ça que cet évènement avait paru. C'est plus facile de blâmer l'autre, n'est-ce pas ?

Les yeux de la monarque brillaient encore de colère.

— Je ne suis pas venue ici pour m'entendre dire…

— Attendez. Attendez juste. Ce n'est pas la seule chose que je voulais que vous voyiez.

Je farfouillais dans mon sac et en sortis la seconde tablette que je lui tendis.

— C'est celle-ci qui m'a amenée ici. C'est celle qui me fait penser que nous pouvons faire beaucoup mieux.

Elle fronça les sourcils, mais accepta la tablette. La lueur recouvrit de nouveau ses bras quand elle l'effleura de ses doigts. J'attendis, l'estomac noué par l'anticipation, alors que la partie porteuse d'espoir de notre histoire se déversait en elle.

Cette fois, quand la vision cessa, elle baissa doucement la tablette mais la garda dans ses mains. Une lueur de tristesse passa sur son visage.

— C'est difficile à imaginer, dit-elle.

— Je sais. Mais c'est ainsi que c'était entre nous avant. Le pouvoir que j'ai en moi, votre peuple et le mien l'ont créé ensemble, pour notre bien commun. Parce que fut un temps où les fae pensaient que ce qui bénéficiait aux métamorphes dragonnes leur bénéficiaient également. Que nous devions compter l'un sur l'autre.

— Mais beaucoup de choses se sont passées depuis.

J'avalais difficilement ma salive.

— Oui. J'ai entendu certaines des plaintes des chefs des fae locaux, ne concernant que ces dernières années. Mes semblables ont blessé votre peuple. Je déteste que ce soit arrivé, mais je ne vais pas le nier. Il y *aura* des accidents, mais je pense qu'il doit y avoir des moyens de s'assurer qu'ils arrivent moins souvent. Et de m'assurer que nous assumerons nos responsabilités quand ce sera le cas.

La monarque m'observa un long moment. Elle semblait surprise par mon admission.

— Nous avons blessé ton espèce aussi, admit-elle doucement. Nous avons laissé le ressentiment s'ancrer. J'ai laissé des cruautés impunies. Nous aurions dû mieux agir que ça.

Elle expira.

— Mais ce n'est pas facile de remonter le temps. Les torts causés ont déjà eu lieu. La confiance a déjà été brisée.

— Je sais, dis-je. Et je suis disposée à parler de tout ce dont nous devons discuter. Je ne m'attends pas à ce qu'on se fasse confiance immédiatement. Je veux juste que l'on s'écoute l'une l'autre plus, pour commencer. Et j'espérais que vous nous aideriez à nous défendre contre les vampires pour que nous soyons toujours là pour travailler à cette entente.

— Vous voulez qu'on se jette dans la ligne de tir des vampires de votre part ?

— Non, dis-je rapidement. Je, euh, pensais en réalité qu'il serait possible que vous nous aidiez sans même avoir à vous impliquer autant. Ce que les métamorphes dragonnes précédentes ont dit, à propos de voler notre feu, la façon dont nos peuple ont travaillé ensemble par le passé, combiner nos forces... Y a-t-il une façon pour vous d'utiliser mon feu ?

Elle hésita. Puis elle inclina sa tête.

— Oui. Nous pouvons connecter notre magie à votre esprit. Canaliser ce pouvoir à travers le nôtre. C'est de cette façon que vos flamme révélatrice de vérité a été créée, à partir du pouvoir de la métamorphe dragonne d'avant.

J'aimais ce que j'entendais.

— Combien de temps pouvez-vous contenir ce pouvoir ? Et depuis quelle distance ?

— Aussi longtemps que vous, dit la monarque. Et un petit laps de temps en plus, selon la quantité de pouvoir que nous avons absorbé. Il faudrait que l'un de nous soit avec vous, pour le recevoir. Mais ce dernier pourra passer les flammes au reste de notre groupe peu importe où ils sont.

Mon cœur manqua un battement.

— Donc je pourrai être en un endroit et certains d'entre vous dans d'autres lieux, et nous pourrons faire pleuvoir le feu de la dragonne sur tous ces groupes de vampires en même temps ?

Ses yeux se plissèrent.

— Oui. Si nous acceptons de vous aider. Si je pensais que ça en vaut la peine.

C'est exactement ce dont nous avions besoin. Comment pouvais-je la convaincre que je pensais tout ce que j'avais dit ?

La seconde question traversa mon esprit et un souvenir remonta à la surface : des flammes violettes qui coulaient sur la fae devant moi. La forçant à admettre la vérité. Mon cœur manqua encore un battement, beaucoup plus à cause de la nervosité, mais je me forçais à parler.

— Si vous pouvez emprunter mon feu normal, alors vous pouvez aussi utiliser ma flamme révélatrice de vérité, n'est-ce pas ?

Elle m'observa.

— Oui.

— Alors utilisez-la sur moi comme je l'ai fait avec vous la dernière fois.

Le coin de ma bouche se releva en un léger sourire.

— Ce n'est que justice, n'est-ce pas ?

Pour le seconde fois durant cette rencontre, elle me regarda comme si elle ne pouvait pas croire ce qu'elle entendait. Puis, elle se recomposa.

— Vous aurez besoin de vous retransformer en humaine pour que je puisse vous interroger.

— Bien sûr. Êtes-vous prête ?

Elle recula de quelques pas et j'enlevai ma robe, le pouls pulsant à toute allure maintenant. Je lui donnais l'opportunité de me demander n'importe quoi, et je devrais répondre honnêtement. Qui savez quelles vulnérabilités j'allais exposer et qu'elle pourrait exploiter sans que je sois préparée ?

Mais je demandais beaucoup à son peuple. Je devais donner beaucoup en retour. Et ça c'était la meilleure chose que je pouvais offrir.

J'étais une métamorphe dragonne, de la race des métamorphes, et je ne serai pas effrayée.

Je me transformais aussi rapidement que je pouvais le faire de façon confortable. Comme toujours, les flammes de mes feux jumeaux me grattaient le fond de la gorge. Je me concentrai sur la violette et la laissai remonter dans ma gorge.

Je ne les crachais pas sur la monarque comme j'avais fait quand elle m'avait tournée le dos et avait essayé de s'en aller la dernière fois. Au lieu de ça, je les laisser flotter doucement vers elle. Elle avait déjà les mains levées comme pour les attraper. Et c'est ce qu'elle fit. La brume violette atteignit ses mains, elle sembla les mettre en boule entre ses paumes, pour la récolter.

Après un moment, elle hocha la tête. Je fermais ma bouche et me retransformais, me préparant à l'interrogatoire.

La peau de monarque brilla plus vivement. Elle poussa ses mains dans ma direction, et les flammes violettes coulèrent de sa poigne.

Elles se déversèrent sur moi des pieds à la tête, avec une pression qui me picotait et me collait. D'accord, ce n'était pas être brûlé vif, mais c'était loin d'être plaisant. Voilà quelque chose à garder en tête quand je déciderai sur qui je les utiliserai la prochaine fois.

Je ne pouvais pas sortir de leur carcan, ne pouvais pas convaincre mon corps de faire quoi que ce soit si ce n'était de rester là, clouée. Et de répondre à ses questions au fur et à mesure qu'elle les posait.

— Pourquoi êtes-vous venue à moi aujourd'hui ? dit-elle.

Ma bouche s'ouvrit automatiquement. Les mots se déversent, hors de mon contrôle. C'était pas grave. Je ne luttais pas contre le processus.

— Parce que j'ai peur que les vampires ne détruisent mon peuple, et je pense que travailler avec les fae est le meilleur moyen de survivre. Et parce que je voudrais former une nouvelle alliance, avec plus de confiance et d'amitié entre nous, si c'est possible.

— Que ferez-vous si nous vous aidons à combattre les vampires ?

— J'offrirai tout le pouvoir que j'ai pour que vous

l'utilisiez là où je ne pourrais pas être physiquement. Et tout autre support dont vous avez besoin pour nous aider.

— Et après la bataille, si nous gagnons contre les vampires ?

— Je veux parler de la manière dont nous irons de l'avant. Comment guérir les blessures que nous vous avons infligées dans le passé. Comment nous adapter aux manières qu'à notre monde de changer, *ensemble*, plutôt qu'en nous querellant autant.

Elle marqua une pause.

— Veux-tu venger la mort de ta mère ?

Mes yeux brillèrent à la pensée de la mort de ma mère, mais la réponse sortir immédiatement.

— Non.

— Pourquoi pas ?

— Parce que vous avez déjà puni le fae qui l'a tuée. Et je comprends pourquoi vous vous êtes sentis menacées par nous, assez pour ne pas l'avoir puni avant. Et je sais que mes semblables ont détourné le regard quand vos semblables ont été tués par notre manque d'attention. Je préfère trouver un moyen d'avancer loin de tout ça. Je pense que c'est que ma mère aurait voulu aussi.

Je n'avais pas réalisé cette dernière partie, mais c'était vrai. Je n'avais peut-être pas connu Maman en tant que métamorphe dragonne sur une longue période, mais elle m'avait toujours appris à regarder un problème sous tous ses angles, à me rappeler que ma perspective n'était pas la seule. De trouver le positif dans n'importe quelle situation.

La monarque laissa retomber ses bras. Les flammes crachotèrent et s'évanouirent dans l'air. Je trébuchais en avant de retrouver mon équilibre. La sueur recouvrait mon front.

— Êtes-vous satisfaite ? demandai-je.

Son expression était redevenue insondable.

— J'ai posé toutes les questions que je voulais.

— Et ce que vous venez de faire, vous pourriez le refaire avec mon feu de dragon pour viser et brûler les vampires.

— Oui, comme je l'ai. Dit avant.

Elle se frotta les mains.

— Mais je n'ai pas dit que nous allions vous aider. Partez. J'ai besoin d'y penser.

Mon cœur tomba dans mes chaussettes.

— Si vous allez nous aider, ce sera pour bientôt. Ils vont revenir à l'attaque ce soir.

Elle me fixa d'un regard dur.

— J'ai besoin de temps, répéta-t-elle.

Puis elle se tourna et s'en alla d'un pas raide.

19

Je pouvais dire que les deux personnes dans le hall du domaine aviaire étaient en train de se disputer avant même de les entendre. Tous les deux, des hommes d'âge mûr, se tenaient le torse bombé et le visage sombre.

Merde. Avec la menace des vampires qui planait, la dernière chose dont on avait besoin c'étaient des bagarres internes. Je me dépêchais vers eux.

— Je t'ai dit qu'il y a pas assez d'espace, insista l'homme à l'entrée de la chambre d'amis.

— Vous n'êtes que quatre là-dedans, dit l'autre homme un grognement perceptible dans sa voix. Ton alpha a dit que chaque pièce pouvait accueillir dix personnes.

— Pourquoi tu n'en trouves pas une où il y a tes semblables ?

— Il n'y a aucun autre blaireau ici. Ma femme et moi sommes les seuls.

Les deux métamorphes reculèrent brusquement quand ils me virent arriver à leur niveau. L'homme qui occupait déjà la chambre, un métamorphe faucon compris d'après son odeur, paraissait sur le point d'avaler sa langue. Trop dommage que je ne puisse pas le lui faire faire en vrai.

— Quel est le problème ici ? demandai-je en posant mes mains sur mes hanches. Je pense que les instructions sur les chambres étaient très claires.

Le métamorphe faucon baissa sa tête.

— Mes excuses, métamorphe dragonne. Je pensais juste que… Il y a encore beaucoup de chambres avec de l'espace… Ce type pourrait être plus content avec des métamorphes plus comme lui.

Le métamorphe blaireau grogna.

— C'est la première chambre que j'ai trouvé qui avait de l'espace et je suis fatigué de demander. Je veux juste un endroit où ma femme et moi pouvons-nous reposer. Nous avons voyagé toute la journée pour arriver ici. Et nous avons prévu d'aider à défendre *votre* domaine toute la nuit s'il le faut.

— D'accord, dis-je. Nous sommes tous tendus car nous sommes tous inquiets pour ce soir. Je le comprends. Mais essayons de ne pas transférer notre inquiétude les uns sur les autres, d'accord ?

Mon regard se posa sur le métamorphe faucon.

— Si tu ne penses pas pouvoir partager cette chambre avec n'importe qui qui n'est pas un métamorphe aviaire sans te disputer, vous quatre pouvez venir avec moi et je vous trouverez des lits dans d'autres chambres. Il semblerait que ce gentleman ait été actif depuis assez longtemps.

Le regard du métamorphe faucon alla du blaireau à moi alors qu'il calculait ses options. Il afficha une mine chagrinée.

— Nous apprécions votre aide dans le combat contre les vampires, dit-il à l'autre homme. Entrez et reposez-vous.

Il ne semblait pas tout à fait content de l'arrangement, mais l'offre était assez sincère pour que je me retire. Le métamorphe blaireau sourit et fit signe à sa femme qui venait d'arriver dans le couloir.

Plus de semblables se rassemblaient déjà dans les chambres d'amis tout le long du couloir. Le domaine était plein, et le flot des réfugiés de diverses communautés de métamorphes n'arrêtait pas. Tout le monde avait entendu parler des villages qui avaient été décimés la veille. Personne ne voulait prendre le risque d'être parmi les prochains à faire face à ce carnage.

Nous n'avions toujours pas eu de retour des fae.

Bon, s'ils ne se manifestaient pas, nous n'avions qu'à faire du mieux que nous pourrions. Et ça signifiait avoir la conversation que je redoutais.

Je continuais mon chemin vers les parties communes. Aaron tenait conseil avec quelques-uns de ses conseillers et quelques nouveaux arrivants. Je captai son regard et fis signe de la tête vers notre aile privée de la maison. Il hocha la tête.

Comme il finissait sa conversation, je me dirigeai vers la cour. Nate était en train de montrer à un groupe de jeunes métamorphes comment rapidement neutraliser les vampires en combat rapproché. Ils copièrent ses mouvements dans l'air avec leur propre mains. Marco était semble-t-il en train de réprimander un couple de métamorphes lynx qui, je me hasardais à deviner, était en train de s'amuser avec les semblables aviaires.

Et West… je cherchais à travers notre lien et sentis sa présence près du mur sur le côté du domaine. Je tiraillais doucement sur le lien et reçus un chatouillement qui m'indiquait qu'il avait compris et qu'il me rejoignait.

Marco avait fini son sermon et se dirigeait nonchalamment vers moi. Je fis signe à Nate.

— J'ai besoin de vous parler à vous tous.

Le métamorphe ours donna une tape sur l'épaule d'un de ses jeunes étudiants.

— Continuez de vous entraîner, leur dit-il, puis il me rejoignit tranquillement.

— Que se passe-t-il ? demanda Kylie se levant de là où elle se trouvait avec Felix et quelques autres métamorphes où ils étaient tous en train de préparer une pile de torches avec des bouts de branches secs et de l'essence.

— Je pense que nous devons légèrement revoir nos plans, dis-je. Tu devrais aussi nous rejoindre tant qu'on y est.

De toute façon, je lui aurais dit ce qui se passait.

Nous nous faufilâmes au bords des espaces communs bondés et nous dirigeâmes vers l'aile privée où dormaient les alphas. Aaron était déjà en train d'attendre dans le petit espace de détente. West arriva un instant plus tard.

— Quel est le problème ? demanda-t-il, son regard cherchant immédiatement le mien.

— Rien pour être précis, dis-je. Mais il y a quelque chose que j'ai besoin de dire avant que ça ne soit trop tard. Je pense que nous ayons des nouvelles des fae ou pas, mais plus précisément si on n'en a pas, ce serait mieux que vous alliez tous dans vos domaines respectifs.

Les derniers mots me firent mal à la gorge en sortant. Mon corps entier me faisait mal, en y pensant. En voyant la façon dont mes âmes-sœurs le regardaient en réponse à ce que je venais de dire.

— Tu veux qu'on te *quitte* ? dit Nate aussi incrédule que si j'avais suggéré qu'il devait retourner à son domaine en volant avec ses mains et non pas un jet.

— En fait, je partirai aussi, dis-je en souhaitant que ma voix soit stable. Je pense que je devrais aller au domaine canin. C'est celui qui a été le plus durement touché déjà, et les vampires de New York et Chicago vont concentrer leurs attaques là-bas. Donc si je ne peux protéger qu'un endroit, il semblerait que ce soit celui qui en aura le plus besoin. Et vos semblables ont plus besoin de vous ce soir que moi. Vous pouvez les rassembler, leur faire garder l'espoir.

Je captais le regard de Nate, puis celui de Marco.

— La plupart des vôtres ne vous ont pas vu depuis bien avant le début de cette guerre.

— Serenity, dit Aaron gentiment.

Je réalisais que j'étais en train de trembler. Je serrai mes mains, ramenant mes épaules en arrière.

Je n'avais jamais été séparée de mes âmes-sœurs par plus d'une heure ou deux de route depuis qu'elles m'avaient retrouvée. J'avais eu l'impression d'un déchirement quand Aaron était parti en mission de reconnaissance durant moins d'un jour.

Mais j'aurai mon feu qu'ils soient avec moi ou pas. Je pensais ce que j'avais dit. Leurs semblables avaient plus besoin d'eux. Je ne pouvais pas les retenir pour mon confort. Ou alors, les renégats auront vraiment eu raison sur le fait que je détournais les alphas de leurs devoirs envers le reste de leur communauté.

— Ça va aller, dis-je. Je dois m'y habituer de toute façon, n'est-ce pas? Vous allez tous avoir des affaires à régler dans vos domaines et les autres communautés quand tout ceci sera réglé. Ce n'est pas comme si vous étiez supposés être avec moi 24h/24, 7j/7.

— Non, acquiesça Aaron. Mais étant donné les circonstances, tout le temps où tu as été loin du monde des métamorphes, idéalement, nous serions restés avec toi jusqu'à ce tu te sois plus accommodée.

Je rigolais d'une voix rauque.

— Je n'aurais pas vraiment la chance de m'accommoder à mon rôle si nous ne débarrassons pas des vampires, n'est-ce pas ?

— Bon, peu importe où tu vas, je te suis, annonça Kylie. Au cas où il y aurait eu un doute sur le sujet.

Je lui souris.

— Je comptais là-dessus.

— Es-tu sûre, Ren? demanda Marco. Je m'étais imaginé que mes semblables pensent ne pas avoir besoin de moi du tout.

— C'est ce qu'ils pensent, mais nous savons tous les deux tout ce que tu fais pour eux, dis-je.

Le coin de sa bouche se releva, mais il semblait toujours triste.

— Je ne peux pas te contredire sur ce point, princesse.

Nate ouvrit et referma ses mains comme s'il ne savait pas quoi en faire.

— Je n'aime pas ça, dit-il. Te laisser avec juste l'un de nous pour te défendre, sans vouloir te vexer West. Toi non plus, Ren. Je sais que tu peux te défendre. Mais si tu es blessée de nouveau…

— Alors West sera là, ainsi que tous ses semblables, dis-je et je touchais le bras du métamorphe ours.

Ma gorge se noua.

— Je n'ai pas envie d'être séparée de vous. Aucun de vous. Mais c'est mon rôle de m'assurer que tous nos semblables ont ce dont ils ont besoin, n'est-ce pas? Et je ne peux pas laisser ce que je veux se mettre en travers du chemin.

Il soupira, penchant sa tête vers le mien.

— Je sais.

— Bien. Donc nous devrions tous y aller, rapidement, pendant que nous avons encore le temps d'arriver à destination avant la tombée de la nuit.

Je me mis sur la pointe des pieds pour poser un baiser rapide mais déterminé sur les lèvres de Nate. Marco m'attrapa ensuite, jouant de mes cheveux avec ses doigts alors qu'il collait nos bouches l'une à l'autre. Je me tournai vers Aaron, et il m'embrassa gentiment avant de poser son front contre le mien.

— Nous serons avec toi de toute manière, dit-il. Une part de nous le sera toujours.

L'agitation nerveuse en moi se calma juste un peu.

— Et une part de moi sera avec vous.

Je n'allais pas me laisser à penser à comment ce pourrait être la dernière fois que je les voyais chacun.

West était resté silencieux tout au long de la conversation. Il n'y avait pas grand-chose qu'il pouvait dire, je supposais, puisque c'est avec lui que je serai. Et je savais qu'il devait vouloir retourner auprès des siens. Mais quand j'arrivais à sa hauteur alors que nous marchions tous vers la piste d'atterrissage, il paraissait presque hanté.

— Tu ne nous as même pas eu tous ensemble deux journée entières, Étincelle, dit-il.

Je parvins à sourire.

— Oh, je ne sais pas. Je pense que je vous ai eu beaucoup plus que ça.

Il me jeta un coup d'œil, une lueur dans ses yeux. Sa bouche fit un bref rictus.

— D'accord. Je te le concède.

— Tu ferais mieux d'aller rassembler le reste de tes semblables qui sont venus avec nous, lui dis-je. Je pense que ma meilleure amie sera particulièrement déçue si un certain métamorphe renard ne vient pas avec nous.

West rigola sous cape et fit de grandes enjambées en direction de la cour. La meilleure amie en question passa son bras autour du mien.

— Toujours à chercher ce qui est le mieux pour moi.

Je donnais à Kylie un coup de coude aux côtes.

— Quand tu me laisses faire.

Les subordonnées de West nous rattrapèrent alors que nous arrivions au terrain où les jets des aviaires et des canins nous attendaient. Je venais à peine de faire deux pas vers ce dernier quand une sensation étrange ondula contre ma peau, hérissant les poils de mes bras.

Un instant plus tard, une pâle et svelte forme apparut comme si elle sortait de la lumière du soleil devant moi.

— Pardonnez mon intrusion inattendue, métamorphe dragonnes et alphas, dit le fae d'une voix posée. Ma monarque voulait que je vous contacte le plus rapidement possible. J'ai juste une question avant de vous donner sa réponse ; jurez-vous que vous viendrez à notre aide si jamais nous nous retrouvons dans une situation similaire ?

Mon cœur manqua un battement.

— Ren, dit West derrière moi, m'avertissant.

Bien sûr, la promesse était vague, mais pouvais-je dire non, toute considération faite de ce que je leur demandais ? Je ne me laissais pas douter de ma réponse.

— Oui, dis-je. Bien sûr. Je le jure.

Le fae hocha brièvement la tête.

— Alors, nous vous assisterons dans votre combat contre les vampires.

Juste comme ça ? Cela me prit une seconde pour retrouver mes esprits.

— Merci. Remerciez votre monarque de ma part aussi. Que pouvons-nous vous fournir pour que ça marche ?

— Dites-nous où vous voulez que nous soyons et où vous serez, dit-il avec un mince sourire qui brillait. Nous prenons le reste en charge.

Le ciel s'assombrit passant du rose au violet alors que le soleil plongeait vers l'horizon. La chaleur de l'été se rafraîchit dans la brise. Je déplaçais mon poids d'un pied à l'autre, essayant de réduire mon incapacité à me calmer.

À côté de moi, West posa sa main sur mon épaule. Nous regardions le portail de son domaine ensemble, au moins deux cents de nos semblables étaient rassemblés autour de nous et longeaient le long du mur de pierres, comme si nous avions vu les premiers signes que les vampires étaient là.

Vraiment, West recevrait un appel sur le téléphone dans sa poche de la part d'un des scouts qui se trouvaient plus bas sur la route avant que nous ne les apercevions. Les vamps n'allaient pas nous tomber dessus sitôt la nuit tombée. Ils devaient arriver ici depuis là où ils étaient terrés d'abord. Mais nous savions qu'ils rassembleraient leurs troupes, et leurs nouveaux camions blindés.

Il n'y avait pas que nos semblables, et Kylie bien sûr, avec nous. Mon regard glissa vers les personnes qui brillaient d'une faible lueur se tenant debout dans la cour.

Une douzaine de fae nous attendaient quand nous avions atterri dans le domaine canin. Trois d'entre-eux étaient dans mon champ de vision maintenant. Les neuf autres avaient pris position le long du mur pour qu'il soient sur une rangée peu importait d'où les vampires attaquaient. Les autres alphas m'avaient rapporté qu'un nombre similaire de fae étaient arrivés dans les autres domaines. Ils étaient aussi arrivés dans les villes, qui je leur avais dit, me semblaient les plus en danger.

West se tendit. Mon estomac se noua. Et si j'avais pris la mauvaise décision ? Les fae pouvaient décider de se retourner contre nous après tout, pour être sûr que les suceurs de sang nous annihileraient, pour que les métamorphes ne soient plus un problème pour eux.

Je les avais invités. Leur avaient offert nos gorges, d'une certaine façon.

Il était trop tard pour revenir sur ce choix. Je n'avais plus qu'à espérer que mes instincts ne m'ont pas trompée.

Ma fébrilité me conduisit loin de West et le rapprocha

du fae le plus proche. La femme était grande et gracile comme tous ceux de son espèce, mais j'avais l'impression qu'elle faisait partie des jeunes, peu importe ce que ça signifiait quand on parlait des fae. Elle me gratifia d'un faible sourire quand je la rejoignis.

— Y'aura-t-il autre chose que je dois faire ? demandai-je. Ou est-ce que je dois juste rester à vos côtés et commencer à cracher mon feu ?

Elle hocha la tête.

— De ce que j'ai compris et d'après ce qu'à dit notre monarque, c'est tout ce dont nous avons besoin. Je me suis déjà connectée à votre énergie avec ma magie. Quand vous invoquerez votre feu, je pourrez le canaliser, pour mon usage propre, et de le transmettre à travers moi à tous les autres fae qui sont en position.

— Même ceux à travers le pays ?

— Ce n'est pas si loin, dit-elle comme si elle avait l'habitude de faire une saut d'un océan à l'autre lors de sa balade quotidienne. Nous sommes tous connectés vous savez. On peut se contacter sans beaucoup d'efforts du tout. Autrement, nous nous sentirions très seuls, et avec le besoin de toujours rester près de notre maison.

Oh ! Donc ils avaient une sorte de communication par télépathie ? Je supposais que ça tombait sous le sens, quand elle le présentait comme ça. Ce n'était pas étonnant que le chef des fae qui était près du domaine de la métamorphe dragonne ait été au courant de toutes les offenses que les métamorphes avaient fait sur les autres territoires des fae.

La fae marqua une pause.

— Nous, les fae, vivons longtemps, vous savez,

continua-t-elle. Plus longtemps que les métamorphes. Un des anciens de mon domaine m'a une fois parlée du partage du feu avec la métamorphe dragonne. Elle a dit que c'était l'expérience la plus excitante de sa vie. Je suis triste de la raison pour laquelle vous avez besoin de notre aide, mais je suis excitée d'en faire partie.

Mes sourcils se levèrent.

— Vraiment ? dis-je. Je, euh, j'ai eu l'impression que vous étiez tous assez incertains à l'idée de de faire quoi que ce soit avec les métamorphes.

— Certains d'entre-nous peut-être, dit-elle. Certains n'avaient personne pour leur transmettre ces souvenirs des temps anciens. Il y a eu tant de mauvais souvenirs entre-temps. Mais je ne pense pas que ce soit une raison pour aucun de nous d'avoir *peur* de vous.

Mon estomac commença à se détendre. Peur de nous ? C'est à ça que nous en étions réduits ? Je supposais que oui. Nous tous, effrayés de la façon dont les autres pourraient nous faire mal, lançant des attaques pour essayer de nous défendre contre des attaques qui n'ont pas encore eu lieu.

Nous aurions dû nous comporter mieux que ça, avait dit la monarque. Nous aurions tous dû. Et peut-être que nous le serons ce soir.

— Ou que nous ayons peur de vous, suggérai-je.

Son sourire se fit un peu plus grand, comme si elle comprenait tout à fait ce que je disais.

West tenait son téléphone à l'oreille. Pendant que je parlais à la fae, le soleil avait disparu. Le métamorphe loup m'appela.

— Les camions sont en chemin. Ils seront bientôt là.

J'inspirai profondément puis expirai lentement, me préparant à la transformation. J'aurai besoin de la maintenir aussi longtemps que possible, si nous voulions repousser les vampires à l'échelle du pays. Tout ce dont nous avions besoin c'était qu'ils arrivent et qu'ils essaient de franchir nos murs ; et nous les incinérerions à l'intérieur de ces putain de camions qu'ils se sont crus si malin d'avoir obtenus.

Les autres métamorphes trépignaient là où ils étaient autour de la cour. Un hibou hulula au loin. Puis mes oreilles captèrent le bruit distant que faisaient les engins.

Le bruit passa d'un bourdonnement à un grondement. Toutes les personnes le long des murs se figèrent, se préparant à l'action. Le grondement des engins se fit plus fort puis cessa quand les camions s'arrêtèrent.

Dans le silence soudain, mon expiration se fit entendre bruyamment. Un son différent arriva à mes oreilles : un sourd gloussement qui met tous les nerfs de mon corps en état d'alerte.

— Oh, métamorphe dragonne, dit une voix cajoleuse qui portait par-dessus le mur, ne viens-tu pas jouer ?

West me regarda, fronçant des sourcils. Ma peau devint moite. La nausée me submergea.

— C'est lui, dis-je d'une voix enrouée, juste assez forte pour que mon âme-sœur m'entende. Le renégat qui a dirigé l'attaque contre mon domaine, celui qui a tué ma famille.

20

—Tu te souviens de moi ? continua la voix, se répercutant contre les murs de pierres du domaine canin sur un ton amusé qui me fit grincer des dents. Je me suis souvenu de toi. Petite fille apeurée, qui détalait derrière sa mère le long des couloirs. Dommage que nous ne les ayons pas repeints avec ton sang aussi cette nuit-là.

Je m'en souvenais. Oh, putain que oui, je m'en souvenais. Quand il ricana encore, le son me renvoya seize ans en arrière, à cette course folle à travers le domaine, l'adrénaline au goût amère dans ma bouche et mon cœur qui battait à la base de ma gorge. Au sang que les renégats *avaient* déversé partout dans ma maison. Celui de mes pères. Celui de mes sœurs.

J'avais pensé que nous avions capturé le renégat qui avait mené l'assaut lors de l'une de nos précédentes bataille avec son groupe. Je ne l'avais pas vu clairement à l'époque, je ne savais même pas quel type de métamorphe il était, alors je n'avais aucun autre moyen de le distinguer que par son ricanement. Mais en même temps, aller au front ne faisait pas partie de son mode opératoire, n'est-ce pas ? Il y menait les autres puis se mettait en retrait pour observer le carnage.

Pour regarder et ricaner.

Donc, il avait survécu. Il avait survécu et était parti en courant voir les vampires en compagnie de ses derniers complices renégats ? Les utilisait-il pour se venger ou était-ce eux qui l'utilisaient ?

Peut-être les deux.

— Allons bon, où es-tu ? demanda le renégat de nouveau. Toujours aussi effrayée de me tenir tête et de venir m'affronter ?

Ma mâchoire se crispa. West m'agrippa le bras. Je ne l'avais même pas entendu venir à mes côtés.

— Ignore le, me dit mon âme-sœur d'une voix basse. Il essaie de te faire sortir de tes gongs. De te distraire. Mais ce n'est pas lui le plus important. Quand nous en aurons fini avec les vampires, nous aurons exterminé tous les renégats qui sont avec eux par la même occasion.

Bertrand traversa la cour en courant vers notre direction.

— Nous avons une vue sur quatre renégats. Les vampires sont en retrait mais ces traîtres sont venus tout droit de la forêt. Il semblerait que les suceurs de sang ont partagé leurs armes avec eux.

S'ils étaient à l'orée de la forêt, alors ils étaient à portée de mon champ de feu.

Comme si ma pensée avait déclenché un signal, le

craquement d'une arme à feu se fit entendre près du portail. Les gardes le long du mur se mirent à terre. L'un d'eux poussa un cri, posant ses mains sur sa tête, là où une balle avait effleuré sa tempe. Quelques-uns de ses semblables se précipitèrent pour l'aider.

Je grinçais des dents. Nous ne pouvions juste pas laisser les renégats faire. Avec cette artillerie, ils étaient une menace presque aussi grande que les vampires.

J'arrachai mon bras des mains de West et me dirigeai à grands pas vers le mur. L'envie de me transformer me picotait déjà. Je pouvais au moins me débarrasser de ces quelques renégats, même si les vampires étaient toujours cachés à l'abri de la forêt. Un petit échauffement. Leur montrer à quel point j'étais loin d'être apeurée.

— Waou, dit le chef des renégats, sa voix pleine de dédain. Toujours aucun signe de l'effrayante dragonne. Je suppose qu'on a rien à craindre d'elle après tout. Elle n'arrive même pas à protéger ses semblables.

West me suivit et attrapa mon poignet de nouveau.

— Ne fais pas ça, dit-il.

Le renégat parlait toujours.

— Pareille que ta mère, apparemment. T'enfuir au lieu de rester et de te battre. Non pas que ça lui a réussi. Avais-tu entendu tes sœurs crier quand nous les avons ouvertes? Et ces alphas pathétiques… J'ai moi-même mis une balle dans la tête d'un de tes pères, alors qu'il était vautré à grogner.

La rage submergea mon corps. Elle fit pousser les griffes de mes mains et les écailles sur la surface de ma peau. Un rugissement de dragonne explosa de ma gorge alors que mon corps se tordait et s'élargissait. Mes ailes se déployèrent, prêtes à me propulser dans les airs, afin que je puisse les rôtir comme un barbecue. Arracher leurs vies de ce monde comme ils l'avaient fait avec ma famille. Leur rendre la monnaie de leur pièce pour chaque douleur qu'ils avaient infligée…

Les flammes brûlaient le fond de ma gorge alors que je me contractais pour pouvoir décoller du sol… et un souvenir me revint en flèche. La façon incontrôlable dont le feu s'était répandu sur les arbres quand j'avais perdu le contrôle après nos pourparlers avec le roi des vampires.

Je me retins, le regret s'enroulant autour de ma furie. Je la contenais, mais à peine.

Non, c'est ce que les renégats voulaient. Pour quelle autre raison dirait-il ces horribles choses? Je devais garder la tête froide. Je devais conserver ma raison humaine, comme disait toujours Aaron.

C'était notre côté animal, ce côté qui veut qu'on attaque et qu'on se venge dès le moment où l'on était blessé qui nous avait mené à cette situation, n'est-ce pas? C'était lui qui avait brisé notre alliance avec les fae toutes ces années en arrière.

J'avais réagis différemment. Je pouvais réagir différemment à nouveau.

Je relâchais une respiration saccadée de ma gorge déjà bien nouée. Je me ratatinais dans ma forme humaine. West était là, m'attendant. Ses bras m'entourèrent alors que je vacillai. J'acceptais son support juste assez longtemps pour reprendre mes esprits. Puis je me relevais.

— Nous devons nous occuper d'eux, dis-je. Mais d'abord nous établissons un plan. Que veulent-ils? Qu'est-ce qu'*ils* planifient.

West avait toujours un regard inquiet mais il me suivit.

— Ils veulent te leurrer hors d'ici, donc ils doivent penser qu'ils auront l'avantage quand ça marchera. Quatre armes à feu, ce n'est pas assez pour te descendre avant que tu ne les crames

J'opinai.

— Et les vampires sont d'accord avec peu importe ce que les renégats sont en train de faire. C'est peut-être même un plan qu'*ils* ont inventé. Ils veulent se débarrasser de moi avant de s'en prendre à vous.

Je passai ma langue sur le rebord de mes dents.

— Il doit un avoir un groupe de vamps qui attendent avec une bonne ligne de mire sur l'endroit où se trouvent les renégats. Ils me tireront dessus quand je serai occupée avec les renégats.

— C'est ce qui est le plus plausible sur le plan stratégique, dit Bertrand.

— Donc on les prend à leur propre jeu.

J'avais appris d'autres choses durant cette confrontation à la station-service. Mon regard allait de West à son lieutenant.

— Nos semblables peuvent s'occuper des vampires alors qu'ils sont dans la partie la plus dense de la forêt, n'est-ce pas ? Les vampires ne seront pas capables de tirs de longue portée, et nous avons l'avantage dans les combats à main nue. Je peux faire semblant de m'en prendre aux renégats, et pendant qu'ils sont concentrés sur moi, un groupe de tes semblables peuvent attaquer les vampires de l'autre côté.

— Faire semblant ? répéta West. Je suis en train de me dire que ça va vachement ressembler à une vraie action.

Je lui lançai un regard noir.

— Je ne vais pas trop me rapprocher. Je vais voler autour. La portée de leurs tirs ne peut être très grande, à travers les arbres. Et si quelques balles m'atteignent, et bien, je suis déjà passée par là. On y va, on en dégomme autant qu'on peut dans les premières minutes de confusion, puis nous nous retirons. Peut-être que ce sera assez pour qu'ils arrêtent de rôder et venir à nous afin que je puisse vraiment m'en occuper avec nos amis les fae.

La mâchoire de West tiqua à la mention des fae mais il hocha la tête.

— Ne t'approche pas trop, dit-il d'un ton bourru.

— Je sais, dis-je, ma gorge soudainement nouée par l'émotion.

Il se tourna vers Bertrand.

— Tu l'as entendue. Prends quelques-uns de nos hommes, les combattants les plus rapides, prêts à se précipiter dans la forêt à la seconde où elle est dessus du mur.

Son lieutenant lui fit un salut saccadé et s'en alla rapidement. Au bout de quelques instants, il avait rassemblé un groupe autour du portail. Je fis les derniers pas qui me séparaient du mur et dit d'une voix forte pour qu'elle porte.

— Renégats, criai-je. Et vos alliés vampires. Ceci est votre dernière chance de vous replier avant que je ne vous détruise tous. Quittez les lieux et rappelez vos forces postées autour de toutes nos communautés, et nous pouvons discuter d'un nouveau traité. Restez et vous allez brûler.

— De biens grands mots d'une petite fille qui se cachent derrière un mur, métamorphe dragonne ! tonna le renégat. J'aimerais te voir essayer. En attendant, devrais-je décrire ce que j'ai fait à tes pères après votre fuite ? Nous leur avons pissé dessus, tu sais, et ensuite, nous…

Je fermais les yeux, le bloquant, repoussant fortement la furie furieuse qui arrivait par vague dans ma poitrine de nouveau.

— Aucun mouvement des vampires, reportèrent les grades.

Bien. Je ne m'attendais pas à autre chose.

— J'y vais, dis-je à West. Je reviens. Je le promets.

Puis je décollais du sol.

Le vent fouettait mon corps qui s'agrandissait. Je me projetais haut grâce à un coup d'ailes.

Mon regard aiguisé capté le tas de quatre métamorphes juste à quelques pas de l'orée des arbres, à environ cinq mètres de notre mur. Une bouffée de leur odeur atteignit mes narines.

Chacal. L'homme aux cheveux grisonnants avec des mèches blanches dans les cheveux qui me balançait des insultes encore à ce moment était un métamorphe chacal. Un charognard, content de désacraliser les dépouille des morts pour son propre gain. Putain, qu'est-ce que ça lui allait bien.

Je laissais sortir un rugissement furieux puis je plongeai. À la périphérie de ma vision, je vis mes semblables passer par-dessus le mur et piquer un sprint à travers la clairière en direction des arbres, vers l'arrière du domaine. Les renégats dégainèrent leurs armes. *Ils* n'avaient pas besoin d'un angle spécifique pour me toucher. Des balles ricochèrent contre mes ailes et ma poitrine, la distance éliminant les dommages qu'elles auraient pu causer. Je fonçais de plus en plus vite, de plus en plus près…

Et braquai mon corps sur le côté avant d'être vraiment à leur portée. Les renégats laissèrent échapper un bruit de surprise.

Puis une sorte de cri se fit entendre depuis la forêt. Des coups de feu retentirent et des balles se fichèrent de façon audible dans les troncs d'arbres. Des corps se vautrèrent sur le sol. Des grognements et des coups de griffes dans la chair d'êtres vivants me parvenaient depuis le sol.

Les renégats se retournèrent, et je fis de même. Mon cœur battait à tout rompre dans ma poitrine. Alors que les vampires étaient occupés par ailleurs, je pouvais finir ce que je voulais faire.

Le métamorphe chacal leva les yeux à la dernière seconde. Il montra ses dents dans un rictus et attrapa son arme. Mais je crachais déjà des flammes.

En un instant, mon feu de dragonne avait avalé les quatre renégats. Leurs formes se désintégra en un tas de cendres. Une petite part de la pression dans ma poitrine disparut.

Ils n'étaient plus. Les derniers d'entre eux étaient partis.

Mais les vampires, notre plus grande menace, étaient toujours là.

— Retrait ! cria un des membres de la garde canine.

Les semblables qui avaient taclé les vampires parmi les arbres se ruèrent vers le mur.

Je plongeai vers eux, dirigeant un jet de flammes sur les vampires qui chargeaient après eux. Des coups de feu retentirent autour de moi. Une balle passa à travers ma patte avant ; une autre dans mon épaule. Le moteur des camions ronronna. Quid de la discrétion. Ils nous chargeaient maintenant.

Je dirigeai un dernier jet de flammes vers le cercle de bois, pour créer un feu de bois pour nous protéger aussi longtemps que possible, et m'envolais vers la cour. Ces vampires-là n'étaient pas les seuls auxquels nous avions à faire. Mes semblables se battaient à travers tout le pays.

Et je leur donnerai de mon feu pour les aider.

J'atterris toujours sous ma forme de dragonne, pile à côté de la fae. Elle n'eut pas besoin de plus d'indications. J'ouvris ma mâchoire et elle tendit ses bras. J'expirai longuement et toute la puissance de feu que j'avais en moi sortit pour aller à la rencontre de sa magie.

La chaleur et la lumière s'en allaient loin de moi en flottant. Je sentis le feu s'en aller, dans une sensation de détachement étrange. Je le sentis se précipiter hors de moi et vers la fae, vers tous les fae autour du domaine. Je sentis le grésillement du feu passer de leurs mains pour frapper les camions qui fonçaient sur le cercle de protection, aux vampires qui faisaient pleuvoir des balles depuis l'orée de la forêt.

Et au-delà, depuis les fae ici aux fae dans l'ouest et le sud. Je pouvais presque entendre Marco lancer des commandes à ses lieutenants, Nate grogner alors qu'il écrasait la tête d'un suceur de sang qui avait atteint son mur, Aaron dirigeant une légion d'aigles, de faucons, et de faucons pèlerins.

Toutes mes âmes-sœurs étaient avec moi, même si ce n'étaient pas physiquement. Mon feu était arrivé à eux. Eux et les plus petits villages où les fae s'étaient regroupés. Plus de feu qui pleuvaient au-dessus des vampires qui chargeaient. Des suceurs de sang explosant dans des jets de cendres. Sortant de moi encore et encore jusqu'à ce que la sensation me rende nauséeuse.

Ou alors ma tête qui tournait était provoquée par l'effort de continuer à produire autant de flammes. Mon corps de dragonne tout entier picotait. Mais j'en avais encore tellement en moi à donner. Tellement de semblables que je voulais protéger.

Même si je sentais les chemins qu'empruntaient mes flammes, la bataille devant moi continuait. West aboya des ordres et s'élança pour aider les gardes postés au portail. Kylie porta sur son épaule son lance-flammes et envoya un jet dans le chaos de l'autre côté du mur. Mes semblables me dépassèrent en courant, rassemblant les blessés, se joignant à la défense, se battant avec tout ce qu'ils avaient dans le ventre. Nous tous, ensemble, liés par le sang et l'histoire, et l'amitié avec des personnes qui scintillaient parmi nous et que nous étions juste en train de redécouvrir.

— Ils battent en retraite ! hurla quelqu'un.

Était-ce ici ou depuis l'un des autres domaines auxquels j'étais connectée malgré la distance ? Des bruits de pas tonnaient. Le feu crépitait. Ma gorge me brûlait, mais j'expulsais une autre longue bouffée. Le picotement avait disparu, ne laissant que le poids confortable de ma forme de dragonne. Tout aussi mienne que ma forme humaine.

Je pouvais le faire. Je pouvais tenir debout et me battre toute la nuit s'il le fallait.

Mais je n'en avais pas besoin. Plus de cris se firent entendre, et au moins certains d'entre eux venais définitivement d'ici.

— Ce sont les dernier d'entre eux! Le cercle est vide.

La fae baissa ses mains. Je laissais mes flammes mourir. Elle me regarda fièrement, elle brillait aussi fort que si la lune avait dirigé un faisceau de lumière sur elle.

— C'est fait, dit-elle.

J'en avais fini. Je pouvais me retransformer maintenant si je le voulais. J'étirai mes membres de dragonne et levai ma tête vers le ciel, laissant échapper un rugissement de victoire éraillé. À ce moment seulement, et parce que je le voulais, je me retirai dans ma forme humaine.

21

Si quelqu'un m'avait dit il y a une semaine — non, même il y a un jour — que j'accueillerai le chef des fae locaux dans mon domaine, j'en aurais été mort de rire. Puis j'aurai donné à n'importe qui qui aurait dit ça un bon coup sur la tête pour avoir inventé une histoire aussi ridicule.

Mais voilà où j'étais. Marchant à travers les jardins à l'est de la maison, à la faible lueur de l'aube avec une de ces personnes dégingandées et brillantes.

Pour être honnête, la voir me donnait toujours des frissons. Trop de mauvais souvenirs. Je ne pouvais les ignorer, cependant. J'étais assez viril pour admettre quand j'avais tort. Et écouter quelqu'un d'autre faire de même.

— Nous avons un long chemin à parcourir, dit la fae. Des *deux* côtés.

Elle me fixa de son regard perçant, comme pour me rappeler que mes semblables avaient joué un rôle dans la tension entre nous. J'allais laisser passer aussi, du moins pour cette fois.

— Mais j'ai honte de la violence qui est née de ce qui aurait pu être une simple incompréhension. J'espère que nous pourrons nous rapprocher les uns les autres en assumant que c'est de bonne foi… ou du moins d'une foi neutre, à partir de maintenant.

— Je pense qu'on peut offrir ça, dis-je.

Et ensuite, parce que cette affirmation ne semblait pas assez, je rajoutai :

—Et j'aimerais que nous avancions vers ce but. Avec de la patience plutôt que de la suspicion. Si nous y arrivons.

D'accord, il se peut que nous soyons tous les deux en train de surenchérir un peu en ce qui concernait la trêve. Les vieilles habitudes ont la peau dure. Et il y avait encore…

La voix de la fae mourut. Elle s'arrêta et se tourna vers moi.

— Je dois demander pardon, pour vos morts quand mon peuple vous a expulsé de ce bosquet il y a vingt ans. Tuer n'est jamais notre but. J'aurai dû être là pour tempérer la panique.

Je la regardai bouche-bée pendant une seconde avant de trouver les moyens de fermer ma bouche.

— Ces vies ne peuvent pas être ramenés par des excuses, dis-je, mais sans autant de colère que je l'aurais ressenti si les excuses ne venaient pas du cœur.

— Non, les excuses ne le peuvent pas, reconnut la fae avec un hochement de tête. La meilleure chose que je peux vous donner c'est ma promesse que mon peuple ne franchira plus cette ligne dans aucun conflit à partir de maintenant.

Je supposais que si mes semblables commençaient à massacrer les fae à un moment donné dans le futur, je ne pourrai pas vraiment me plaindre s'ils nous rendaient la pareille. Je n'avais aucune intention de réactiver la violence de notre côté. Non, je serais plus heureux si nous nous laissions tranquille les uns les autres sauf en cas d'absolue nécessité.

Avec de la chance, mon âme-sœur n'avait pas d'autres plans dans lesquels elle finirait pas m'entraîner.

La chef des fae fit un geste vers ma poitrine, à l'endroit juste sous mon épaule où ma chair picotait autour de ma cicatrice qui brillait malgré le bandage.

— Vous avez été blessé durant ce combat, dit-elle. Notre magie a laissé sa marque. Je pourrai guérir cette cicatrice, si vous le souhaitez. En un geste de bonne foi.

Je n'avais pas pensé qu'elle pouvait me surprendre plus, mais ça me coûta tout ce que j'avais pour ne pas laisser ma mâchoire retomber de nouveau. Ma main se leva instinctivement vers la cicatrice. Mais je n'avais pas besoin de plus de temps pour connaître ma réponse.

— Merci, dis-je, en le pensant. Mais non, c'est un rappel que j'aimerai garder.

Ses yeux se brouillèrent momentanément à cause de la confusion.

— Un rappel ?

— Du sacrifice que j'ai fait ce jour-là, dis-je.

Et de mes sentiments, juste au cas où je serai trop concentré à vouloir les enfouir de nouveau.

— C'est votre choix, dit calmement la fae. Je vais

prendre congé. En espérant que nos chemins ne se croisent que dans la paix.

Je me retournais vers la maison. Je venais juste d'arriver devant l'entrée principale quand Bertrand vint à ma rencontre à grandes enjambées.

— Nous avons eu des nouvelles de nos semblables à New York, dit-il. Juste avant le lever du soleil ce matin, les vampires qui ont survécu la nuit dernière ont convergé vers leur roi. Apparemment, ils étaient assez énervés de la guerre catastrophique dans laquelle il les avait embarqués, et ils n'étaient pas pressés de se jeter de nouveau dans les flammes. Le rapport dit qu'ils ont arraché sa tête avant de jeter son corps dehors au soleil.

Je grimaçais.

— Ça leur ressemble. Donc maintenant ils n'ont plus de roi.

— Non, ils se sont mis d'accord sur une nouvelle tête dans la hâte.

Les yeux de Bertrand brillaient d'amusement.

— Le nouveau roi nous a déjà contacté pour parler de réparations et de compromis.

J'éclatais de rire. Putain, quelle était la dernière fois où je pensais que je pouvais rire pour de vrai ? J'inspirai l'air chargé de rosée du matin, et la dernière des tensions autour de ma poitrine s'en alla.

— Bien sûr qu'il l'a fait. S'en prendre aux fae et cette métamorphe dragonne ainsi qu'à tous nos semblables ? Après la nuit dernière, s'il avait pris cette décision c'est qu'il voulait voir son peuple exterminé.

— Tu veux lui parler ? demanda Bertrand.

Je secouai ma tête.

— Dis au suceur de sang que nous sommes en train de réfléchir à quel type de « compromis » nous trouverions acceptable. Laisse-les mariner un peu. J'ai d'autres choses sur lesquelles je préfère me concentrer là-maintenant. À ce propos, où est notre métamorphe dragonne ?

— Toujours dans ses appartements, de ce que j'en sais, monsieur.

Ren était restée éveillée une bonne partie de la nuit à mes côtés pour aider à l'effort de récupération et à s'assurer que les vampires n'allaient pas revenir. Je l'avais finalement envoyé se coucher il y a quelques heures. Le fait qu'elle avait à peine protesté m'indiquait à quel point elle était épuisée.

Je devrais probablement me reposer moi aussi. Mais ça pouvait attendre encore un peu. Là maintenant, je voulais mon âme-sœur.

Personne ne répondit quand je toquai à la porte de la suite de Ren. J'ouvris la porte doucement. Le coin de ma bouche se retroussa.

Ma métamorphe dragonne n'était même pas arrivée jusqu'à son lit. Elle s'était recroquevillée dans le fauteuil dans le parloir, serrant un des oreiller bien garni, son visage détendu dans son sommeil. Ses cheveux brun foncé cascadaient sur ses épaules nues.

Il y avait beaucoup de choses à apprécier dans cette vue, mais mon regard resta captivé par son visage, mon cœur se serra. Cette femme. Cette magnifique femme. Je l'avais presque laissé s'en aller. Puis, je l'avais presque rejeté. À quoi diable étais-je en train de penser ?

Je ne pouvais imaginer aimer quelqu'un d'autre autant, ni maintenant, ni jamais.

Je m'agenouillai à côté du fauteuil et posai ma tête sur ses côtes. Je n'avais pas l'intention de la réveiller, pas exactement, mais quand elle murmura et passa ses mains dans mes cheveux pour les caresser, je ne pouvais pas dire que j'étais énervé pour autant.

— Est-ce que tout va bien ? demanda-t-elle, ses yeux seulement à moitié ouverts.

Putain, elle était encore plus irrésistible comme ça.

— Tu sais quoi ? dis-je. Oui, et je pense que ça va être le cas pour plus qu'une heure, juste pour cette fois.

Elle sourit alors, si magnifiquement que je dus l'embrasser. Elle se rapprocha plus dans mes bras, levant sa tête pour m'embrasser plus profondément.

Fatigué ? Qui était fatigué ? Je pouvais rester éveillé encore une semaine à faire ça.

Ren lova sa tête contre mon épaule.

— Je te veux, dit-elle, sa voix toujours rêveuse. Mais je veux voir toutes mes âmes-sœurs. Rapidement.

— C'est ce que je suis venu te dire, dis-je. Les autres alphas sont en route vers le domaine de la métamorphe dragonne en ce moment. Je vais t'y amener pour que tu les y retrouve. Que dis-tu de rattraper un peu notre retard de sommeil dans l'avion ?

Elle fredonna joyeusement.

— Ce plan me semble parfait. Aussi longtemps que tu es juste là à mes côtés.

Je ne pouvais pas retenir le sourire qui se dessina sur mon visage.

— Pour toujours et à jamais, Étincelle.

~

Ren

Aaron, Nate et Marco attendaient au bout de la piste d'atterrissage quand j'atteignis la porte ouverte du jet. Soudain, mes jambes ne bougeaient pas assez vite. Je me précipitais le long des marches et partis en courant dans leurs bras.

Leurs bras à tous, tous en même temps. Nate me prit dans ses bras en riant. Aaron était là la seconde d'après, puis Marco et finalement West, qui caressait du bout de son nez l'arrière de mon cou.

Quelque part derrière les limites de notre câlin de groupe, Kylie toussota et dit :

— Je pense que je vais vous laisser tous les cinq tranquille pendant un moment.

Je fis un large sourire, me lovant un peu plus dans les bras de mes âmes-sœurs. Leurs odeurs, salée et musquée, épicée de pin, se mélangeaient dans le parfum le plus entêtant que j'ai jamais senti. Leur chaleur m'enveloppa. L'amour que je contenais déborda pour aller à sa rencontre, remplissant chaque recoin de mon corps de sa lueur joyeuse. Ce n'était pas assez de juste ressentir cet amour. Il était temps que je fasse quelque chose de toute cette émotion.

— Hier soir, c'était magnifique, dit Aaron. La façon dont ton feu nous est parvenu à tous.

— Et bien, il faut remercier les fae pour ça, dis-je.

— Et c'était l'idée de qui déjà de contacter les fae ? dit Marco d'une voix amusée.

Nate posa un baiser sur mon front.

— Tu as maintenu les flammes pendant si longtemps.

Les vampires n'ont pas compris ce qui leur tombait dessus quand toutes ces flammes ont commencé à pleuvoir sur eux.

— Elle a maintenu sa transformation même après avoir arrêté de cracher ses flammes, dit West, la fierté dans sa voix me donnant un frisson d'excitation. Je pense qu'on a une métamorphe dragonne arrivée à maturité sur les bras.

— À ce propos…, je m'humectais les lèvres, me sentant soudain timide.

— Serenity ? dit Aaron avec douceur.

Je baissais la tête.

— Je pensais… nos semblables sont restés longtemps avec juste une métamorphe dragonne dans les parages. Peut-être qu'il est temps de voir si nous pouvons augmenter le nombre.

Je pensais qu'il faudrait que je sois un peu moins cryptique avant qu'ils ne comprennent où je voulais en venir. Nan. Un frisson d'anticipation passa à travers les corps autour de moi alors qu'ils prenaient une inspiration collective.

— Ren, dit West derrière moi, paraissant incrédule et enthousiaste en même temps.

Les lèvres de Marco se retroussèrent.

— Notre Princesse des Flammes veut créer une princesse à elle. Je pense que nous pouvons exaucer cette requête. À la chambre de madame ?

Nous entrâmes dans la maison ensemble, le lien entre nous me faisant me sentir si léger que mes pieds semblaient à peine toucher le sol. Je marquai une pause quand nous atteignîmes le pied de mon lit. Le désir coursait dans mes veines, mais en dessous, un soupçon d'incertitude me traversa.

— C'est toi qui décide comment tu veux que ça se passe, dit Aaron. Nous suivrons tes indications.

Je grimpai sur le lit et m'assis au milieu de l'énorme matelas. Puis je tapotais le drap. Mes âmes-sœurs vinrent me rejoindre, s'installant en cercle autour de moi.

J'attirai Aaron en premier, puis je l'embrassai. Ses mains descendirent sur mon ventre. Je me penchais en arrière pour trouver la bouche de Nate ensuite, et le métamorphe aigle se pencha pour me mordiller l'épaule, sa respiration chaude se répandit sur ma peau.

Nate m'embrassa profondément, descendant la bretelle de ma robe en même temps. Je me détournai de lui pour trouver Marco. La langue du métamorphe jaguar titilla mes lèvres et passa entre pour se mêler à la mienne.

Quelqu'un était en train de descendre ma robe à ma taille maintenant. Une autre main caressait mes seins. Une vague de plaisir passa sur mes nerfs. Je gémis contre la bouche de Marco.

Puis ce fut au tour de West. Mon loup têtu. Il pressa ses lèvres contre les miennes comme pour en mémoriser la forme, pour suivre toutes les courbes de ma bouche, chaque saccade de ma respiration. Ses doigts tracèrent un chemin jusqu'à mes hanches, et je sus comment je voulais mener cette danse à travers la dense brume de plaisir dans laquelle je me trouvais. De la fin au début, le chemin inverse de celui que j'avais emprunté.

Pendant les premières minutes cependant, je ne fis que flotter dans ce plaisir. Ma bouche bougea pour rencontrer celle de l'une de mes âmes-sœurs, puis une autre, puis une autre, chacun à son tour puis elle descendit sur les peaux chaudes des cous et des poitrines. Quatre paires de mains enlevèrent ma robe, mon soutien-gorge et ma culotte. À un moment donné, ils avaient aussi enlevé leurs habits.

Des doigts joueurs exploraient chaque centimètre de mon corps. Une bouche se referma sur un téton. Un pouce frôla l'autre. Je pris une soudaine inspiration alors que l'une de mes âmes-sœurs me caressait entre les jambes. Mes paupières se refermèrent en papillonnant.

Mais je savais exactement où était West quand je le voulais. Je pris son visage dans le creux de ma main.

— S'il te plaît, dis-je, le souffle court.

Ses yeux s'assombrirent de désir. Il m'embrassa si goulument que j'en eus la tête qui tournait. Puis ils se plaça entre mes jambes. Son prépuce effleura mon clitoris, et je gémis. Mes mains tracèrent les muscles sveltes de son torse pour aller s'accrocher à son cou.

— Je t'aime, murmurai-je.

Il poussa une expiration saccadée.

— Je t'aime aussi, Étincelle. Et je ne te laisserai plus jamais en douter.

Une brûlure extatique se répandit en moi quand il me pénétra. Je m'agrippai à lui et remontai mes hanches pour accueillir son coup de rein. West grogna, sa tête se penchant proche de la mienne.

Les autres alphas avaient reculé juste un tout petit peu, mais ils continuaient leurs caresses, sur mes seins, m'embrassant dans le cou, jusqu'à ce que je me sente comme si je n'étais faite que de plaisir.

West plongea plus profondément en moi et je vins en

criant. Les étincelles du surnom qu'il me donnait dansaient derrière mes paupières.

— Putain, marmonna-t-il alors que je me contractait autour de lui, sa voix se coupa.

Je le sentis se déverser en moi dans un jet chaud.

Il sortit, s'enfonçant dans le matelas à côté de moi et déposant un chemin de baisers sur mon bras.

— Marco, dis-je en prenant une courte inspiration.

J'étais trop vide. Nous étions loin d'avoir fini.

L'alpha félin se pencha au-dessus de moi. Il réclama ma bouche dans un baiser brûlant. Ses hanches se balançaient au même rythme que les miens, sa queue testant mon ouverture. Je gémis de désir.

— Ma belle princesse, murmura-t-il.

Je répondais à son regard par un doux sourire.

— Ma belle âme-sœur, je t'aime.

Il me fit son habituel sourire taquin.

— Et moi je t'aime. Je ne pourrai pas t'aimer plus.

Il me remplir en un rapide coup de rein qui fit monter un autre gémissement dans ma gorge. Ses mains se glissèrent sous mes fesses pour m'inciter à le rejoindre. Son membre effleura les recoins les plus sensibles en moi. L'extase me submergea. J'étais si près de revenir déjà.

— Oh Ren, murmura Marco. Tu n'as aucune idée à quel point c'est bon d'être en toi. Si ça n'avait été que toi et moi, j'aurai fait durer le plaisir à jamais, mais je ne serai pas égoïste.

Il accéléra son mouvement. Quelqu'un pinça un de mes tétons. Mes hanches cabrèrent en même temps que je gémissais, mon clito effleura la base du sexe de Marco, et juste comme ça, je vins. Alors que la seconde vague de plaisir me balayait, Marco me rejoint avec quelques coups de hanches rapides.

Marco se rassit, se baissa bien bas pour embrasser mon centre avec un sourire coquin. Alors qu'il se déplaçait sur un côté, ma main se referma sur celle de Nate. La chaleur dans les yeux du métamorphe ours se fit brûlante.

Il nous retourna, et je me retrouvais sur lui. Mon inspiration fut coupée quand mon sexe glissa contre sa dure érection. Quand il toucha mes joues pour et vint à moi pour m'embrasser, d'autres mains glissèrent sur mes cuisses, mon dos. Nate prit mes seins en coupe, roulant mes tétons contre ses paumes jusqu'à ce que je tremble de plaisir.

— Je t'aime, dit-il avant que je retrouve ma capacité à dire des mots. Me tenir à tes côtés est le plus grand honneur de ma vie.

Ma gorge se noua. Je me baissai pour l'embrasser de nouveau.

— Je t'aime aussi. Et je suis honorée d'être à *tes* côtés.

Il attrapa mes hanches et ensemble, nous me guidâmes et je fondis sur son membre. Son épaisseur m'étira de l'intérieur avec une pression qui fit chanter toutes les terminaisons nerveuses de mon corps.

Je jetai ma tête en arrière, commençai à le chevaucher avec tout le désir que j'avais en moi, poursuivant un autre extase. La main de Nate glissa en bas et caressa mon clito. Une langue lécha un téton. Des dents jouèrent avec un autre. Une de mes autres âmes-sœurs embrassa le bas de mon dos. Je m'agrippai au torse large de Nate, donnant des coups de rein, tremblant alors que je commençais à exploser.

Un long gémissement s'échappa de ma gorge. Le métamorphe ours m'attrapa alors que je m'écroulais sur lui, un grognement passant ses lèvres au même moment. Il me pénétra profondément une dernière fois et me remplit de son éjaculation.

Mes cuisses paraissaient de la gelée alors que je me détachais de Nate. Aaron était là qui attendait. Il m'attira dans ses bras, embrassant l'arrière de mon cou.

— Pas fatiguée encore ? demanda-t-il avec une légère note dans sa voix éraillée.

Je ris. Non, le désir en moi n'était pas tout à fait satisfait, encore.

Je tendis mes bras et fermais mes doigts autour de la longueur dure de son membre.

— Pas plus que toi.

— Alors que dirais-tu de nous envoler ?

Je l'attirai pour l'embrasser sur la bouche. Nous tombâmes sur le lit ensemble.

Aaron plongea en moi comme s'il n'était pas destiné à être ailleurs, et en ce moment, c'était le cas. Je me frottais contre lui et à chaque coup de rein, mes hanches bougeaient plus vite. Ma peau était moite de sueur maintenant, ma respiration faite d'halètements, mais je ne m'étais jamais sentie aussi pleine d'énergie de ma vie.

Voler. Oui c'était le mot pour ce qui se passait.

— Je t'aime, murmurai-je avant de perdre l'usage de mes mots encore.

La respiration d'Aaron se fit saccadée contre ma joue.

— Je t'aime aussi. Ma première, et ma dernière. Ma seule et unique.

Il plongea en moi si profondément que le dernier

barrage céda. Je fus projeté au septième ciel avec ce dernier extase, tremblant et prenant de courtes inspiration. Mon sexe se contracta fort autour du membre d'Aaron. Il vint aussi en gémissant.

Finalement, pleinement satisfaite, je laissai mes muscles devenir tout mou contre le matelas. Mes quatre âmes-sœurs se pelotonnèrent tout près autour de moi, m'entourant d'une vague d'affection, et un peu plus que de la satisfaction.

— Tu sais, dit Aaron sur un ton léger, venir tous ensemble, ce n'est pas garanti que ça marche la première fois. Juste pour que tu ne sois pas déçue.

Un rire léger s'échappa de ma bouche.

— C'est noté, dis-je en les rapprochant un peu plus de moi. Nous n'aurons qu'à continuer de pratiquer jusqu'à ce que ça marche.

22

Ren

— Ça ne leur fera pas de mal, n'est-ce pas ? dis-je en me tenant au bord de la limite que la fae venait de tracer.

Sa magie brillait faiblement contre la terre autour des arbres, puis disparaissait de ma vue complètement. Elle laissa une très légère odeur dans l'odeur fraîche du printemps, quelque chose de faiblement sucré sous les odeurs marquées de la forêt qui se réveille à peine de l'hiver.

La fae secoua la tête.

— Les humains ne le sentiront même pas. Ils vont juste se retrouver complètement désintéressé et ne voudront pas continuer dans cette direction.

Elle me fit un petit mais très éclatant sourire.

- Et les métamorphes ne seront pas du tout affectés.

Quelques-uns de ses compagnons éloignés de nous levèrent la main pour nous indiquer qu'ils en avaient fini avec leurs tâches. Cet effort était une étape dans la réalisation du plan que les alphas et moi avions conçu après des discussions avec les chefs des fae, pour étendre le territoire des métamorphes sans pour autant empiéter sur celui des fae. De nouveaux groupes pouvaient s'installer dans les zones de la nature sauvage où nous n'aurions plus à nous inquiéter des campeurs ou des touristes curieux qui passent par là.

— Merci de nous aider avec ceci, dis-je. J'espère vraiment que le fait d'avoir plus d'espace pour nous installer rendra notre entente plus facile.

Il y avait eu quelques embrouilles entre les fae et les métamorphes depuis que nous avions vaincu la menace des vampires, mais au loin, elles ont été minimales, rien n'a été blessé si ce n'était des égos et des sentiments.

— J'aimerais nous revoir un jour content de partager un territoire, dit la fae. Mais c'est difficile de prendre plaisir à partager quand on y est forcé. Je pense que ceci sera bénéfique pour nos peuples. Établirons-nous la prochaine zone d'exclusion près du domaine aviaire la semaine prochaine ?

— C'est ce qui est prévu.

Je leur fis signe de la main avant de me diriger près de la barrière là où la voiture dans laquelle j'étais venue était parquée.

Kylie et Felix attendaient là-bas, profitant d'un pique-nique dans la prairie à côté de la route. La magie des fae *allait* affecter ma meilleure amie, mais elle n'avait pas besoin de visiter les plus petits campements de toute façon. Ces jours-ci, elle partageait son temps de façon assez équilibrée entre le domaine de la métamorphe dragonne et le poste de Felix à New York.

Elle se leva d'un saut en me voyant approcher.

— C'est fait? Ça n'a pas pris longtemps du tout.

— La magie des fae est puissante, dis-je.

Felix se mit debout aussi, rassemblant les restes de leur repas dans un panier. Il me lança un grand sourire.

— Le roi des vampires va être content d'apprendre les progrès que nous sommes en train de faire. Plus de précautions pour empêcher les humains d'entendre parler de nous. Ils sont toujours super paranoïaques avec leur idée de garder secret l'existence des surnaturels.

Le métamorphe renard était maintenant une sorte d'ambassadeur parmi la communauté des vampires. Non pas qu'il vivent carrément avec les suceurs de sang ou quelque chose du genre, je pouvais juste imaginer ce qu'il penserait de la suggestion. , mais ils avaient donné la permission à un métamorphe de vivre à l'intérieur de New York City afin que toute dispute entre les vampires et mes métamorphes puisse être résolue rapidement.

Et aussi pour qu'il puisse simplement garder un œil sur les choses. Le nouveau roi n'était pas aussi assoiffé de carnage que le précédent, mais je ne pense pas qu'aucun de nous ait une grande confiance en eux.

— Tu pourras tout lui raconter à la grande fête ce soir, dit Kylie, passant sa main autour du coude de son petit-ami.

Son visage s'illuminait presque autant que ses cheveux néon quand elle regardait Felix ces derniers temps. Je m'étais inquiétée du fait qu'ils aménagent ensemble aussi rapidement après s'être connus pouvait faire ressortir le côté bagarreur de leurs personnalités, mais je l'avais jamais vu si heureuse.

— Vous devez y retourner tout de suite ? dis-je alors que nous rentrions dans la voiture.

— Après t'avoir déposée au domaine, dit Felix. Sauf s'il y a quelque chose dont tu as besoin d'abord.

Mon cœur se pinça. Ça aurait été sympa si Kylie avait pu rester pour entendre ma nouvelle dans la foulée… mais c'était définitivement le cas où mes âmes-sœurs, pas ma meilleure amie devraient être les premières à savoir.

— Non, ça ira, dis-je.

Kylie me fit un regard moqueusement suspicieux.

— Il se passe quelque chose que tu ne me dis pas ?

Je lui souris en retour.

— Tu devras attendre de voir.

Elle secoua son doigt devant moi

— Je suis de retour dans quelques jours, tu te souviens ? Je te tirerai tous les vers du nez à ce moment-là.

Quand nous arrivâmes à mon domaine, une nouvelle voiture était parquée devant la maison. Marco se prélassait sur les marches de l'entrée. Il se leva d'un bond avec sa grâce naturelle alors que nous nous garions.

Je partis lui souhaiter la bienvenue, sentant mon visage s'éclairer. Je m'étais habituée à passer des jours, voire des semaines séparée d'une ou plusieurs de mes âmes-sœurs, mais je ne me sentais jamais aussi ancrée que quand ils étaient avec moi.

— Salut, princesse, dit Marco en tirant sur les sons.

Il remit derrière mon oreille une mèche de cheveux qui était sur ma joue, et se pencha pour poser ses lèvres sur les miennes. Je me laissais aller à ce baiser aussi longtemps que je pensais pouvoir le faire durer quand nous avions de la compagnie.

— Je dois juste dire au revoir à Kylie, dis-je. Ensuite, je reviendrai immédiatement à toi.

— Prends ton temps, dit l'alpha félin. Je t'ai pour moi tout le reste de la journée.

Je retournai à la voiture et fit un gros câlin à Kylie.

— Je t'attends dans deux jours, dis-je. Sois à l'heure.

Elle rigola.

— Je le suis toujours. Comme si j'allais manquer je ne sais quelle aventure dans laquelle tu t'es retrouvée encore.

— Continue le bon boulot que tu fais avec les vampires Felix, ajoutai-je à l'attention du métamorphe renard.

Il me salua avec une petite lueur espiègle dans ses yeux.

— Je suis contente de servir la cause.

Alors qu'ils s'en allaient, je retournai d'un pas nonchalant vers Marco.

— Comment vont les relations entre les campements félin et aviaire auxquels j'ai parlé la semaine dernière ? Plus de conflits ?

— Ils ont réussi à maintenir la paix jusqu'à présent. Je pense que ton discours, et le compromis que tu as proposé ont fait l'affaire. Jusqu'à ce qu'ils trouvent un nouveau sujet de chamailleries.

Il secoua la tête.

— Nous avons aussi vu arriver un renégat qui a fait défection, un qui est né de l'autre côté de la ligne, et qui vient pour faire amende honorable. La prochaine fois que tu viens en Floride, je te le ferai griller avec ta flamme de vérité pour m'assurer qu'il est sincère.

— J'en serai ravie, dis-je.

Depuis notre guerre contre les vampires, et la mort du dernier de leurs leaders, les semblables avaient accueilli une douzaine d'anciens renégats. Mais bien évidemment que j'avais aidé à bien les questionner avant.

Marco passa ses bras autour de mes épaules.

— Alors, est-ce que je t'ai pour moi seul ou est-ce qu'on sera plus nombreux à la fête?

— Les autres devraient être en chemin, dis-je. J'ai demandé à tout le monde d'être là plus ou moins en milieu d'après-midi.

— D'accord, il n'y a aucune raison de ne pas profiter de ce temps seuls, murmura-t-il.

Je me blottis dans ses bras alors qu'il descendait sa bouche sur le côté de mon cou, mais il n'était pas allé plus loin que ça quand un autre moteur de fit entendre depuis la route.

— Mmh, dit-il en levant la tête pour voir. Nous pourrons toujours reprendre là où nous nous sommes arrêtés, plus tard.

Je ris.

— J'en suis sûre.

West sortit de sa Jeep avec son habituelle expression bourrue. Ça me faisait toujours un petit quelque chose de voir à quel point ce visage fermé était remplacé par un sourire chaleureux quand nos yeux se croisaient. Ils nous rejoint à grand pas et renversa ma tête en arrière pour me donner un baiser sans se soucier de me détacher des bras de Marco.

— Trop longtemps, dit-il.

Il était parti s'occuper de quelques histoires dans quelques-uns des campements canins alors que j'étais occupée par l'alliance avec les fae, donc nous ne nous étions pas vus depuis presque deux semaines.

— Nous avons presque fini de baliser le nouveau territoire, dis-je. Après, tu ne pourras plus te débarrasser de moi.

Son sourire se fit plus large.

— Crois mois, je n'attends que ça.

Aaron arriva ensuite, dans une Sedan qui toussota quand il coupa le moteur. Une mince volute de fumée s'échappait du capot. Il fit une grimace en sortant.

— Je ne suis pas sûr de ce que j'aime le moins maintenant : les jets ou les voitures.

— Un des semblables du domaine est mécanicienne, dis-je. Je vais lui demander d'y jeter un œil.

Marco se frotta les mains.

— Laisse-moi y jeter un œil. Je ne suis pas totalement à l'ouest avec les voitures.

Les autres mecs et moi échangions un regard sceptique. Le métamorphe félin nous fit comprendre qu'il nous avait vu en balayant notre scepticisme d'un geste de la main.

— Ce n'est pas parce que j'aime les choses extravagantes que j'ai peur de mettre ma main dans le cambouis, de temps en temps.

Nous venions juste d'ouvrir le capot quand le camion pickup de Nate arriva.

— Bon, dis-je alors que le métamorphe ours sortait de

sa voiture. La réparation de la voiture peut attendre. Venez à l'intérieur.

Nate nous rejoignit sur le chemin de la maison, et cette belle sensation de complétude m'enveloppa. Là, j'étais avec toutes mes âmes-sœurs. Tout était comme il se devait. Même plus qu'ils ne le savaient encore.

— Que se passe-t-il, Ren ? demanda Nate. Il semblerait que cette réunion était un peu plus urgente que d'habitude.

— Pas dans un mauvais sens, le rassurai-je. il y a juste quelque chose que je voulais vous dire à tous, et je pense que c'est mieux de le faire en personne.

— Je ne vais jamais me plaindre de passer du temps avec toi, à chaque fois que je le pourrai, dit Aaron.

Il leva ma main pour en embrasser le dos, ses yeux bleu brillant d'affection.

Je les conduisis du couloir vers mes quartiers privés. Une fois dans le salon, je m'arrêtais et leur fis signe de se rapprocher.

— Donnez-moi une main. Vous tous.

Marco arqua un sourcil mais tous mes alphas tendirent leurs mains. Je les attrapais légèrement avec mes doigts et guidais leurs paumes vers mon ventre.

— Pouvez-vous la sentir, dis-je doucement. Parce que je le peux.

La nouvelle vie que je portais en moi toucha mes sens avec une douce énergie qui ressemblait à la flamme dansante d'une bougie.

Les yeux de Nate s'écarquillèrent. Sa main quitta mon ventre pour m'attirer dans un baiser plein de ferveur. Puis, Aaron m'embrassait, puis West et Marco de nouveau, tous se rapprochèrent de moi m'entourant dans un cercle d'amour.

— À la prochaine métamorphe dragonne, murmura Aaron.

La maternité était une toute nouvelle zone d'un territoire nouveau qui m'attendait, mais j'étais prête. Spécialement avec mes âmes-sœurs à mes côtés.

Je posais ma main sur cette lueur de vie et souriais.

— À elle, et nous tous, et au futur que nous construisons pour elle. Un futur qui pouvait maintenant être éclairé par l'harmonie et l'espoir.

À PROPOS DE L'AUTEUR

Eva Chase est une autrice dans le top 100 des best-sellers Amazon dans les catégories de romance fantaisie et paranormale. Elle a grandi avec une bonne dose de magie, de chaos et de cette angoisse romantique, trois éléments que l'on retrouve dans ses histoires. Mais il n'y a pas besoin d'avoir peur des triangles amoureux ! Les héroïnes d'Eva n'ont jamais à choisir. Vous pouvez visiter son site web au www.evachase.com.

www.ingramcontent.com/pod-product-compliance
Lightning Source LLC
Chambersburg PA
CBHW032027310726
48972CB00002B/567